DU MÊME AUTEUR

Aux Éditions Gallimard

TU MONTRERAS MA TÊTE AU PEUPLE, 2013 («Folio» n° 5849 et Folioplus classiques n° 295).

ÉVARISTE, 2015 («Folio» n° 6170).

UN CERTAIN M. PIEKIELNY

FRANÇOIS-HENRI DÉSÉRABLE

UN CERTAIN
M. PIEKIELNY

roman

GALLIMARD

Aux souris tristes

« (…) car on ne saurait mieux dire. »

ROMAIN GARY
Les cerfs-volants

PREMIÈRE PARTIE

1

En mai 2014, des hasards me jetèrent rue Jono Basana-vičiaus, à Vilnius, en Lituanie.

Un ami se mariait, il me prit pour témoin. J'aimerais, dit-il, que tu organises mon enterrement. J'objectai que c'était un peu tôt, qu'il avait encore de belles années devant lui, qu'en outre il semblait jouir d'une robuste constitution, mais que le cas échéant je saurais m'occuper de sa veuve. De vie de garçon, précisa-t-il. Ah, dis-je, tu veux dire promenade sur les Champs-Élysées, déguisé en cow-boy? Il voulait dire strip-tease et hockey sur glace.

Nous prîmes donc des billets pour Minsk, où se tenait un tournoi de hockey qui devait nous servir d'alibi, parce que vois-tu, mon amour, qu'y pouvons-nous si le futur marié est amateur de patins et de crosses, s'il rêve d'assister aux championnats du monde, et s'ils ont lieu cette année en Biélorussie où les filles sont si belles et si blondes et si promptes à se dévêtir? Du reste, jurâmesnous la main sur le cœur et les doigts croisés, de Minsk nous ne verrions que sa patinoire et notre hôtel. Nous étions quatre, il ne restait que trois places dans l'avion, pas grave, dis-je, je prendrai un vol pour Vilnius, et de Vilnius un train pour Minsk. Ainsi me retrouvai-je en Lituanie.

2

De la Lituanie je n'avais qu'une image naïve et sommaire, aux contours imprécis. Les époques se confondaient, se télescopaient dans mon esprit en un méli-mélo folklorique et loufoque : je voyais, pêle-mêle, des chevaliers cabrant leurs montures au milieu de rues grises, le Petit Père des peuples empoignant Gediminas au collet, ou des apparatchiks livrant combat au Royaume des Tatars. Tout cela n'avait ni queue ni tête et je pris conscience assez vite que la Lituanie m'était inconnue. Je ne savais finalement que deux ou trois choses sans grand intérêt : qu'elle s'écrivait sans *h* après le *t*, qu'elle était le plus grand des trois États baltes, qu'elle comptait près de trois millions d'habitants. (À vrai dire, je connaissais aussi le nom de son meilleur joueur de hockey, mais pressentant qu'il me serait parfaitement inutile, je m'efforçais à l'effacer de ma mémoire – débarrassons-nous-en une fois pour toutes en le casant ici, Dainius Zubrus, et n'en parlons plus.)

3

À Vilnius ce jour-là le soleil faisait grève, le ciel était gris, délavé, et la pluie jouait du tambour contre la tôle des avions – roulement savoureux quoique légèrement monotone pour me souhaiter bienvenue. Ayant récupéré ma valise, je pris un taxi et me fis déposer devant la gare. Il était midi, mon train pour Minsk ne partait pas avant deux heures, j'avais donc le temps de déjeuner puis de prendre mon billet, mais pour la visite de la ville, tant pis, une autre fois.

J'entrai dans un restaurant en sous-sol, une de ces tavernes aux murs en moellons, aux plafonds enfumés, aux cheminées dans quoi l'hiver brûlent de grands feux : l'âtre inutile au printemps souriait de sa gueule béante, encrassée, cependant qu'au plafond grésillaient deux ampoules, jetant une lumière blafarde sur le vieux ciré jaune du seul client ce jour-là, un jeune homme pesamment accoudé pour ne pas dire avachi sur la table, la joue posée contre la paume de sa main, l'autre main cramponnée à l'anse d'une chope.

J'allais rebrousser chemin mais nos regards se croisèrent ; le jeune homme me toisait, l'œil éteint au fond duquel se ranima soudain le semblant d'une flamme : fardée comme une reine, la serveuse approchait. Elle était jeune, plus jeune encore que le jeune homme ; elle avait des cheveux blonds, noués en catogan; un chemisier blanc, largement échancré, et là-dessous des seins exubérants, lourds comme les compliments du jeune homme qui lui faisait une cour un peu vaine (j'imagine, je ne parle pas lituanien).

D'un geste de la main, autoritaire et bienveillant, souverain, la reine me désigna dans un angle une table. Je consultai la carte, grossièrement plastifiée : des traces de doigts, laissées par les clients successifs comme autant de preuves irréfutables de leur passage en ces lieux, se superposaient aux noms de plats lituaniens. Je commandai un burger. Et vous avez du Wifi? Oui, fit la serveuse, et elle me tendit un bout de papier sur lequel, en caractères minuscules, était écrit le mot de passe (X-fh3_pH-38, ça ne s'oublie pas). Je renonçai à taper cette combinaison absurde de chiffres, de lettres et de tirets en tous genres, sortis un livre de ma valise, en lus quelques pages (il n'était pas très bon), le posai sur la table : mon burger était là. Puis je demandai l'addition (huit euros quatre-vingts).

Pourquoi, ayant extrait de mon portefeuille un billet de dix euros, et me dirigeant vers la serveuse avec à la main celui-ci, je laissai celui-là sur la table, bien en évidence entre l'assiette vide et le livre trop plein? Il est des mystères qui ne seront jamais résolus. Toujours est-il que, ayant payé la reine qui n'était pas d'Angleterre (*Keep the change*, lui avais-je dit, et alors elle m'avait rendu un euro et vingt centimes), je revins à ma table pour n'y trouver plus que l'assiette et le livre : mon portefeuille n'était plus là. Je me tournai vers le jeune homme, peut-être avait-il vu quelque chose ? Non, il avait disparu, lui aussi (je n'avais décidément pas de chance). Je me retrouvai donc sans argent – sans compter bien sûr l'inestimable viatique qu'avait remis la reine à son page –, quelque part où je ne connaissais ni la langue ni le moindre habitant, sinon Dainius Zubrus et encore, seulement de nom. Le train pour Minsk partait dans un peu moins de trente minutes et je n'avais toujours pas de billet. Il pleuvait.

4

Mon père. Il fallait que j'appelle mon père, et de toute urgence, et tant pis si c'était la seule solution. Je lui expliquai le tout en trois phrases, Vilnius, la taverne et la pluie, et le priai de me faire aussi vite que possible un virement via Western Union. Puis je hélai un taxi, me fis déposer devant l'agence, et je payerai la course après avoir récupéré mon dû, dis-je. Mouais, fit en lituanien le chauffeur en canadienne (c'était un mois de mai plutôt frais). Alors j'ajoutai que j'avais là un euro et vingt centimes, et que, s'il le souhaitait, j'étais disposé à les lui laisser en guise d'acompte. Mouais. Je reviens tout de suite, dis-je, ça sera l'affaire de cinq minutes. Trente-cinq minutes plus tard j'avais de quoi payer mon billet : le train ne m'avait pas attendu.

Je m'acquittai de la course, puis je congédiai le taxi désormais inutile. Une pluie battante me cinglait le visage ; je la regardais tomber, en rafales, dans le faisceau lumineux des phares du taxi déjà loin. Le prochain Vilnius-Minsk partait le soir même, j'avais plusieurs heures devant moi ; je pouvais errer dans la ville à ma guise. Pour aller où ? Dans quel but ? On verrait bien. Je marchai au hasard ; les arbres s'égouttaient tristement ; quelques feuilles gisaient, détrempées, sur les trottoirs ; je me lançai à l'assaut de la ville, tirant ma valise dont les roues formaient deux rigoles parallèles, éphémères, aussitôt disparues. Je pris tout droit, me protégeant vaguement de l'averse avec mon livre (il n'était pas meilleur parapluie). À la première intersection, je tournai à droite, sur une longue rue que je descendis trois cents mètres, laissant arbitrairement à ma gauche les bulbes verts d'une église orthodoxe (quand trois ans plus tard je devais retourner pour la quatrième fois à Vilnius, les bulbes ne seraient plus verts mais dorés, repeints tels qu'ils étaient à l'origine, tels, penserais-je alors, qu'*il* avait dû les voir tous les jours en sortant de chez lui) pour continuer encore à droite, rue Jono Basanavičiaus. Au n° 18, sur la façade d'un immeuble de stuc jaune dont le porche donnait sur une cour intérieure, se trouvait une plaque, en lituanien et en français :

L'ÉCRIVAIN ET DIPLOMATE
FRANÇAIS
ROMAIN GARY
(VILNIUS, 1914 – PARIS, 1980)

A VÉCU DE 1917 À 1923
DANS CETTE MAISON QU'IL
ÉVOQUE DANS SON ROMAN
« LA PROMESSE DE L'AUBE »

Je restai là, stupéfait, ruisselant, et je récitai cette phrase à voix haute : «Au n° 16 de la rue Grande-Pohulanka, à Wilno, habitait un certain M. Piekielny. »

5

Cette phrase, elle n'avait pas surgi de nulle part. Il avait fallu qu'un jour je la lise, l'enregistre en esprit, qu'elle s'y imprègne et demeure en l'état, immuable parmi les souvenirs, ces morceaux épars flottant çà et là dans les limbes, et qui parfois ressurgissent de manière imprévue.

6

Je m'abritai sous le porche et vérifiai sur internet – qui est un supplétif à la mémoire : la rue Grande-Pohulanka avait changé de nom. Elle s'appelait rue Jono Basanavičiaus, et le 16 d'alors se trouvait désormais au 18. C'était donc là, dans l'un de ces immeubles de stuc jaune, au n° 18 de la rue Jono Basanavičiaus, anciennement n° 16 de la rue Grande-Pohulanka, qu'avait habité Romain

Gary entre sept et onze ans, de 1921 à 1925 (et non, comme c'était indiqué sur la plaque commémorative devant laquelle je m'égouttais près d'un siècle plus tard, de 1917 à 1923), du temps, donc, où il ne portait pas son nom de guerre qui deviendrait son nom de plume, mais celui de naissance, Kacew, Roman Kacew.

La pluie cessa. Les nuages, empressés, emportèrent le gris du ciel avec eux. Le soleil apparut, et j'entrai dans la cour comme dans un lieu de culte, en silence, avec les mêmes égards involontaires, empesés. Il n'y avait plus le dépôt de bois où un siècle plus tôt des bûches s'étaient offertes aux pleurs d'un enfant, pas plus que le grand tas de briques, vestige d'une usine de munitions. Les granges avaient disparu, elles aussi. Mais le terrain vague était le même, envahi de voitures dont les capots lustrés par la pluie reflétaient le ciel, quelques arbres, le faîte des immeubles alentour. Dans l'un de ces immeubles – lequel ? – avait habité Roman Kacew. Dans un autre, ou peut-être dans le même, un certain M. Piekielny.

7

Comment distinguer ce qui relève de la littérature de ce qui n'en est pas ? « Si l'on ne peut trouver de jouissance à lire et relire un livre, disait Oscar Wilde, il n'est d'aucune utilité de le lire même une fois. » C'est un critère subjectif, excessif, largement excessif, tout aussi largement exclusif; j'y souscris : chaque fois qu'il y a désir de relecture, il y a littérature.

J'ai lu et relu *La Promesse de l'aube* : en plein mois d'août dans les Pouilles écrasées de soleil, le jour de Noël à Vilnius, dans la micro-République d'Uzupis, au cœur de l'hiver à Jūrmala, sur les plages enneigées de la Baltique, et je l'ai même emmenée en trek au Népal, et j'en ai lu quelques pages, un matin, face à l'Annapurna. Je l'ai lue à toutes les époques, un peu partout et, pourtant, chaque fois qu'il m'arrive de la relire, cette «autobiographie entièrement authentique et nullement romancée», je suis éternellement ce jeune homme qui pour la première fois en a tourné les pages allongé sur les draps vert et blanc de son lit, dans la petite chambre d'une maison de briques rouges au n° 18 de la chaussée Jules-Ferry, à Amiens.

8

J'avais dix-sept ans; je passais le plus clair de mon temps sur la glace une crosse dans les mains, des patins aux pieds; je ne lisais pas. Je revenais des États-Unis où j'étais parti un an plus tôt, avec pour seul bagage un sac de hockey lesté de rêves illusoires. Le proviseur du lycée La Providence, à Amiens, rechignait à me faire entrer en classe de première. Je n'avais pas fait de seconde – si ce n'était dans un lycée américain, où j'avais volontairement suivi les cours les plus inutiles, au diable les maths et la chimie. En fin d'année, Madame, dit le proviseur à ma mère, il y a le bac de français, et puis il ajouta que me faire passer directement en première, c'était *risquer un redoublement*. Mon fils, Monsieur, dit ma mère avec aplomb, n'a pas de temps à perdre : il est promis à un grand avenir. Il fera une *thèse*, ajouta-t-elle en appuyant sur le mot qu'elle enrobait de sacré. Mais Madame, tenta le proviseur. Il n'y a pas de mais, Monsieur, insista ma mère. Bien, concéda le proviseur, je vous aurai prévenue.

Je m'efforçai, le pauvre, de lui donner raison : cette année-là je mis un soin particulier à ne rien faire, *surtout pendant les cours de français*. Une vingtaine de livres étaient au programme, je n'en lus qu'un seul. J'imagine qu'il devait y avoir *Le Cid, Jacques le Fataliste* ou *Les Mots*, j'aurais pu jeter mon dévolu sur l'un d'eux mais non, ce fut la *Promesse*. Pourquoi celui-là plutôt qu'un autre ? Je ne sais pas. La couverture, sans doute. Une photo de l'auteur en soldat, lieutenant bombardier droit comme un i devant un avion qu'on distingue assez mal, qui est peut-être un biplan mais peut-être pas. Il porte un casque, des lunettes d'aviateur, la veste de cuir qui a « tant fait pour le recrutement des jeunes gens dans l'aviation ». On est en 1942 ou 1943. Ce qu'il racontera dans la *Promesse* il n'en est pas encore à l'écrire : il le vit.

Je ne saurais dire ce qui d'emblée me plut dans cette histoire. L'enfance à Wilno puis à Nice, la petite résistance et la grande, l'éclat de la revanche ? L'humour comme « arme blanche des hommes désarmés » ? La figure de cette Mina Kacew, mère écrasante, intrusive, grotesque, tragicomique, aimante, trop aimante, excessive, qui assignait un destin à son fils ? Ou peut-être cette coïncidence assez troublante : ma mère m'avait eu, jour pour jour, au même âge que la mère de Romain Gary. Je lus et relus la *Promesse* et bientôt vint le temps des révisions. Je ne révisai pas : il me paraissait insensé de rester chez moi comme un scribe pendant que le printemps chavirait dans l'été ; dehors, dans la rue, dans les parcs, le mois de juin m'attendait, et m'attendaient des jeunes filles. Je les voulais serviles et serviables, asservies ; qu'un délai pût subsister entre la manifestation de mon désir et son accomplissement m'était insoutenable. Mes intentions étaient limpides, mes desseins clairs comme le jour mais sans cesse ajournés. Après le bac, disaient-elles, peut-être, mais là, non, les révisions, tu comprends ? Elles opposaient leurs livres à mes lèvres : on est bien trop sérieux, quand on a dix-sept ans. Je voulais les voir allongées sur mon lit, offertes et lascives, les contempler longuement, prestement les étreindre, au lieu de quoi je restais dans ma chambre, insatiable, inassouvi, avec ma libido *ad libitum*, tous ces livres non lus et celui de Gary, qu'inlassablement je relisais.

Vint l'oral du bac de français. J'avais une chance sur vingt de m'en sortir. Je m'y présentai sans espoir, comme le condamné à mort à qui on a lié les mains dans le dos, bandé les yeux, demandé s'il veut prononcer une dernière phrase et qui, attendant la salve en bombant la poitrine, devinant l'officier sabre au clair et ses bourreaux fusils en joue à dix pas, commande lui-même le peloton et s'écrie : *Feu !*

Aucun coup ne partit. Il y eut un miracle. Que pouvez-vous me dire sur le chapitre VII de *La Promesse de l'aube* ? Comme je restais bouche bée, on crut d'abord que je ne l'avais pas lu. Vous savez, précisa l'examinatrice, ce passage sur un certain M. Piekielny, dans le livre de Romain Gary ? Alors je lui contai la vie de l'auteur, j'analysai le texte et j'en retraçai la genèse, je parlai longuement de ce M. Piekielny, et j'agrémentai le tout de figures de style, métaphores, périphrases et litotes (je donnai même un zeugma en exemple). L'examinatrice me fit des compliments, puis la bise. On se quitta bons amis.

Le soir, quand je rentrai à la maison, personne ne crut bon m'interroger. Mon père, bien qu'il sût à quoi s'en tenir, finit par poser la question : au fait, cet oral ? Pas mal, dis-je, je pense m'en être bien sorti. Si tu t'en es si bien sorti, fit-il en levant les yeux au ciel, disons si tu as plus de 16/20, j'achète des billets pour la finale des jeux Olympiques de Turin. Quelques mois plus tard, en finale, la Suède battait la Finlande 3 buts à 2. Nous y étions.

9

Je repensai au but vainqueur de Nicklas Lidström, à la quarantième minute, d'un superbe tir en lucarne, puis je quittai la cour de l'immeuble et descendis la rue Jono Basanavičiaus vers la vieille ville. Au carrefour se trouvait la statue en bronze d'un jeune garçon éploré – mais

Statue de Roman Kacew enfant, Romualdas Kvintas, 2007, Vilnius, Lituanie.

peut-être étaient-ce seulement des gouttes de pluie. Ce garçon représentait Roman à huit ou neuf ans, regardant très haut vers le ciel, comme pour le prendre à témoin. Au pied de cette statue, ce jour-là, se trouvait une rose. Tout n'était pas foutu : il y avait encore des gens en ce bas monde pour poser des roses aux pieds des écrivains.

10

Je ne me souvenais plus, alors, pourquoi le petit Roman en bronze ruisselant ce jour-là sous la pluie tenait contre son cœur un soulier. Une énième fois je relus la *Promesse.* C'est au chapitre XI qu'est levé le mystère : il l'avait mangé pour impressionner une brune aux yeux clairs qui s'appelait Valentine.

Mais je n'avais pas oublié les passages sur sa mère qui l'avait élevé, seule, dans Wilno et dans le culte de la France ; les cours de mathématiques et de violon, de danse, de scène, de peinture et de chant qu'elle lui avait offerts, elle qui avait si peu de moyens, à lui qui avait si peu de talent (sauf en littérature, « le dernier refuge, sur cette terre, de tous ceux qui ne savent pas où se fourrer ») ; l'énergie qu'elle avait déployée pour que son fils adoré devînt un homme du monde, puis qu'il l'eût à ses pieds ; les femmes qu'elle lui avait promises (il connaîtrait « les grandes ballerines, les *prime donne,* les Rachel et

les Duse ») ; la gloire qu'elle lui avait promise (il serait
Victor Hugo) ; l'argent qu'elle lui avait promis (il s'habil-
lerait à Londres) ; sa foi indéfectible, la certitude qu'elle
avait : son Romouchka deviendrait un grand homme.

11

Je me souvenais un peu moins des chapeaux pour
dames qu'elle avait trimballés, de maison en maison, le
« visage illuminé par une volonté maternelle indomp-
table » ; des voisins qui avaient jugé mystérieuses et
louches les allées et venues de cette étrangère, de cette
réfugiée russe, avec ses valises et ses cartons ; du recel
d'objets volés dont elle avait été accusée puis blanchie,
mais blessée, et de la façon dont, ayant pris son fils par la
main, elle l'avait traîné hors de l'appartement, dans l'escalier, allant de porte en porte et sonnant, frappant, hurlant qu'elles ne savaient pas, « ces petites punaises
bourgeoises », à qui elles avaient l'honneur de parler :
son Romouchka serait « ambassadeur de France, chevalier de la Légion d'honneur, grand auteur dramatique,
Ibsen, Gabriele D'Annunzio ». Je ne me souvenais pas du
« bon gros rire des *punaises bourgeoises* ». Je me souvenais
très bien, en revanche, de la réaction qu'avait eue un
autre voisin, un certain M. Piekielny.

12

La mémoire est despotique, mouvante et sélective, elle trie arbitrairement, selon son bon plaisir. Ainsi oublie-t-on peu à peu le visage de sa grand-mère, mais demeure le souvenir vivace, précis, immuable, d'une partie de scrabble avec elle. Où donc est la logique? Je n'en sais rien. On oublie les titres des films qu'on a vus, des livres qu'on a lus, et on se souvient d'une scène, d'une phrase, ou de tout un chapitre. Je n'avais pas oublié le chapitre VII de la *Promesse*. Ni bien sûr le nom de Piekielny.

13

«La dramatique révélation de ma grandeur future, faite par ma mère aux locataires du n° 16 de la Grande-Pohulanka, n'eut pas sur tous les spectateurs le même effet désopilant. Il y avait parmi eux un certain M. Piekielny – ce qui, en polonais, veut dire *Infernal*.» Ainsi commence le chapitre VII de *La Promesse de l'aube*.

Gary précise d'emblée que «jamais un nom n'alla plus mal à celui qui en fut affublé». M. Piekielny, écrit-il, «ressemblait à une souris triste, méticuleusement propre de sa personne et préoccupée; il avait l'air aussi discret, effacé, et pour tout dire absent, que peut l'être un homme obligé malgré tout, par la force des choses, à se détacher, ne fût-ce qu'à peine, au-dessus de la terre. C'était une nature impressionnable, et l'assurance totale avec laquelle ma mère avait lancé sa prophétie, en posant une main sur ma tête, dans le plus pur style biblique, l'avait profondément troublé ».

Aussi, quand il lui arrivait de croiser le petit garçon dans l'escalier, Piekielny s'arrêtait pour le contempler gravement, parfois l'invitait dans son appartement, lui offrant tantôt des soldats de plomb, tantôt une forteresse en carton, des bonbons ou des rahat-loukoums : « Pendant que je m'empiffrais – on ne sait jamais de quoi demain sera fait – le petit homme demeurait assis en face de moi, caressant sa barbiche roussie par le tabac. » Et puis un jour, poursuit Gary, « vint la pathétique requête, le cri du cœur, l'aveu d'une ambition dévorante et démesurée que cette gentille souris humaine cachait sous son gilet ». Son regard plongé dans celui de Roman « avec une muette supplication », « une flamme d'ambition insensée » brillant dans ses yeux, la souris triste dit au jeune garçon que « les mères sentent ces choses-là » : peut-être deviendrait-il vraiment quelqu'un d'important, peut-être même écrirait-il dans les journaux, ou des livres. Alors, penché vers lui, ayant mis une main sur son genou, il baissa la voix et lui dit : « "Eh bien ! quand tu rencontreras de grands personnages, des hommes importants, promets-moi de leur dire… Promets-moi de leur dire : au n° 16 de la rue Grande-Pohulanka, à Wilno, habitait M. Piekielny…" »

Gary nous apprend alors que « la gentille souris de Wilno a depuis longtemps terminé sa minuscule existence dans les fours crématoires des nazis, en compagnie de quelques autres millions de Juifs d'Europe », mais que lui, au gré de ses rencontres avec les grands de ce monde, s'est toujours acquitté scrupuleusement de sa promesse : « Des estrades de l'ONU à l'Ambassade de Londres, du Palais Fédéral de Berne à l'Élysée, devant Charles de Gaulle et Vichinsky, devant les hauts dignitaires et les bâtisseurs pour mille ans, je n'ai jamais manqué de mentionner l'existence du petit homme et j'ai même eu la joie de pouvoir annoncer plus d'une fois, sur les vastes réseaux de la télévision américaine, devant des dizaines de millions de spectateurs, qu'*au n° 16 de la rue Grande-Pohulanka, à Wilno, habitait un certain M. Piekielny,* Dieu ait son âme. »

14

On croit que l'écrivain choisit toujours le sujet de ses livres. Prétend-il décrire les mœurs de province ? Il se retire en ermite à Croisset, sue sang et eau pendant cinq ans et nous donne *Madame Bovary*. Décide-t-il de tenir la chronique de 1830 ? Pendant que le peuple élève des barricades il se barricade dans sa chambre, et le voilà qui en ressort avec *Le Rouge et le Noir*. Préfère-t-il dépeindre une contre-utopie ? Il rentre dans Londres éventrée, meurtrie, puis lance, à la face du monde, le monde effrayant, totalitaire, de *1984*.

Or ce n'est pas toujours le cas, en tout cas pas souvent, pour ainsi dire jamais. Mais après tout, s'il plaît à l'écrivain de penser qu'en ce domaine il est bel et bien tout-puissant, que rien n'est à l'œuvre sinon sa seule volonté, pure, inaltérable, dénuée de contraintes, au nom de quoi viendrait-on lui ôter ce plaisir ? Pourquoi ne pas le laisser se bercer d'illusions ? Faut-il vraiment lui dire qu'en vérité c'est le sujet qui le choisit, bien plus qu'il ne choisit son sujet ? Des événements hétéroclites, en apparence anodins et dont la logique lui échappe, se succèdent dans un désordre trompeur ; peu à peu, voilà qu'ils s'agencent parfaitement, qu'ils *font sens* ; l'idée germe, chemine et l'écrivain, frappé par l'évidence, se frappe le front, eurêka, il *tient son sujet* ; le livre est là, il peut déjà le lire en esprit : il n'y a plus qu'à l'écrire.

15

Je ne sais si je crois en Dieu ou au hasard – et qu'est-ce que le hasard, sinon le Dieu des incroyants ? Mais il a fallu, pour que naisse l'idée de ce livre, que s'agencent parfaitement bien des subjonctifs imparfaits : que *La Promesse de l'aube* fût au programme du bac de français ; que sa lecture me fît chavirer ; que des années plus tard un jeune homme devînt mon ami ; qu'il rencontrât une jeune fille et qu'il en tombât amoureux ; que cet amour fût réciproque et durable ; qu'il fît sa demande en mariage sur une plage de Croatie, dans le soleil couchant de juillet ; qu'il me priât d'être témoin de leur amour ; qu'il fût aussi amoureux du hockey ; qu'un tournoi, ça tombait bien, se tînt en Biélorussie ; que le seul avion pour Minsk, pas de chance, fût bondé ; que Vilnius ; que la taverne ; que le portefeuille ; que Western Union ; que telles et telles rues empruntées au petit bonheur ; qu'une plaque commémorative fût apposée ; qu'une phrase, enfin, jaillît du sfumato de la mémoire.

16

Dans cette série d'*événements hétéroclites, en apparence anodins,* j'ai voulu voir un entrelacs d'injonctions. Qui était-elle, cette « souris triste » ? Comment avait-elle vécu ? Qu'était-elle devenue ? Je devais mener l'enquête, je n'avais plus le choix. Il faut savoir s'incliner face à la combinaison des hasards qui gouverne nos vies. Je décidai, peu à peu, de partir à la recherche d'un certain M. Piekielny.

DEUXIÈME PARTIE

17

Qui veut naviguer revêt un tricot rayé, une vareuse et, par coquetterie, se couvre le chef d'un bonnet blanc et bleu – lequel, pour plus de fantaisie, peut être surmonté d'un pompon rouge. Qui s'apprête à plonger enfile une combinaison, chausse des palmes, s'équipe d'un masque et se munit d'un tuba. Qui compte mener une enquête se couvre d'un trench, coiffe un chapeau melon, tire quelques bouffées d'une pipe en écume et se pourvoit d'une loupe – ou ne fait rien de tout cela et va sur Google.

18

On dit qu'on y trouve à peu près tout ce que l'on veut. On dit moins qu'on y trouve aussi – surtout – ce que l'on ne veut pas, et si l'on tape « Piekielny » dans le moteur de recherche, parmi cent mille autres choses on pourra tomber sur le clip vidéo d'un rappeur polonais, sur l'adresse du Piekielny Ruszt, un restaurant de grillades où j'imagine qu'en plus des grillades on sert aussi de la cuisine polonaise arrosée à la bière, la bonne vieille Piwo descendue d'un seul trait avant d'essuyer d'un revers de manche la mousse écumant sur ses lèvres, ou encore, en page 3 de Google – les abîmes du web –, sur un dictionnaire en ligne confirmant ce qu'a écrit Gary dans la *Promesse* : « piekielny » en polonais veut bien dire « infernal ». Mais sur un certain M. Piekielny de Wilno, rien.

19

En affinant la recherche à renfort de mots-clés, on finit tout de même par tomber sur deux noms :

Johann Piekielny, né le 20 avril 1907 à Łódź en Pologne, déporté à Dachau le 6 mai 1940. Selon un autre site, il serait mort à Mauthausen, à une date inconnue. Se peut-il que ce Johann Piekielny soit celui mentionné par Gary ? Les dates et les lieux ne collent pas : Łódź est à six cents kilomètres de Vilnius où Gary a vécu entre septembre 1921 et août 1925. Johann Piekielny avait alors entre quatorze et dix-huit ans. On l'imagine difficilement en *petit homme à la barbiche roussie par le tabac.*

Joseph Piekieliński, que l'on appelait *le père Piekielny,* né en 1897 à Szadek en Pologne, non loin de Łódź mais tout aussi loin de Vilnius. Entre 1932 et 1941, il a été le prêtre de la paroisse de Jaworzno, en Silésie. Arrêté par les Allemands, il fut lui aussi déporté à Dachau, où il est mort en mars 1942. Lui non plus ce n'est pas le Piekielny de la *Promesse,* celui du n° 16 de la rue Grande-Pohulanka.

20

Alors qui était-il, ce M. Piekielny, et que savait-on de lui ? Google ne disait rien et Gary pas grand-chose – et le peu qu'il en disait n'était peut-être pas vrai : chaque paragraphe de la *Promesse* est sujet à caution. Mais si le paléontologiste n'ayant en tout et pour tout que l'humérus et deux vertèbres avait pu reconstituer le dinosaure, que ne pouvais-je en faire autant avec une souris ?

Gary nous dit donc qu'il ressemblait à une souris triste, méticuleusement propre de sa personne et préoccupée. Il nous dit aussi qu'il avait l'air discret, effacé, pour ne pas dire absent. Voilà pour l'apparence – pour ce qu'on sait de l'apparence. D'où l'on peut déduire qu'il avait une mise élégante, du moins dans la mesure des moyens de l'époque et du lieu : des souliers toujours propres, toujours la même paire mais toujours reluisante, cirés à la salive les jours de Shabbat; un pantalon noir, ou plutôt anthracite, un peu trop large mais sans ostentation; sur sa chemise un peu trop grande une cravate, un peu trop courte mais jamais de travers, toujours bien ajustée, nouée comme on devrait toujours les nouer; des bretelles qu'il se faisait remonter quand il oubliait de les mettre (dans la cour de l'immeuble, il y avait des enfants); un gilet, avec là-dessous pour le temps qui passe une montre à gousset, et là-dessus pour le temps qu'il fait une redingote au col de castor, une belle redingote noire, doublée d'astrakan, dont il écartait les pans pour s'asseoir et qu'il portait même hors saison, parce qu'elle lui allait à ravir et qu'il était coquet – et parce que, disait-il, elle réchauffait ses vieux os.

Pourtant il n'était pas si vieux, Piekielny. Gary ne nous apporte aucune précision, mais on l'imagine en vieillard cacochyme, jetant à la dérobée un regard sur les chevilles des jeunes filles en juin sous les tilleuls, quand les chapkas dorment au fond de l'armoire, ou sur leurs joues rosies par le froid, en hiver, quand les branches effeuillées des tilleuls ployant sous le blanc est venu le temps de coiffer les chapkas, puis rebrousser chemin clopin-clopant en s'aidant d'une canne.

On a tort. Il est mort pendant la guerre, nous dit son biographe (si trois pages peuvent tenir lieu de biographie), entre quinze et vingt ans après leur rencontre au n° 16 de la rue Grande-Pohulanka, au début des années 20. Ce n'était donc pas un vieillard, du moins pas du temps où dans Vilnius qui s'appelait Wilno Gary qui s'appelait Kacew le connut, lui, qu'on appelait Piekielny. Quel âge pouvait-il bien avoir ? Nul ne sait, et peut-être que nul n'a jamais vraiment su : il était de ceux sur qui le temps n'a pas de prise, qui ne marquent aucun âge, qui là-dessus se réservent le droit de garder le silence et, leur pose-t-on la question, s'y dérobent élégamment – à quoi bon parler d'une chose qui change chaque année ?

Il devait avoir entre quarante et cinquante ans. Je veux croire qu'il avait toujours paru un peu plus vieux qu'il ne l'était : jeune, sa barbe de trois jours le vieillissait de trente ans ; vieux, il craignait qu'en la laissant pousser elle le vieillît de trois siècles ; il opta pour la barbiche : on en portait à Paris, cela faisait raffiné. Roussie par le tabac, nous dit Gary – c'est donc qu'il fumait. Et en effet on peut le voir un soir d'hiver, il a longuement marché dans la nuit, sans raison ni but sinon celui d'entendre la neige crisser sous ses semelles en regardant les étoiles, puis, une fois chez lui, il a retiré ses souliers pour réchauffer ses pieds à la flamme du poêle, et le voilà maintenant qui d'une blague en argent retire trois brins de tabac – décidément, ce soir, on ne se refuse rien –, bourre une pipe, l'allume, tire quelques bouffées qui enfument le salon (tant et si bien qu'on ne le voit déjà plus).

23

On le retrouve le lendemain à sa fenêtre : Piekielny dans l'or du jour qui se lève avale un café fumant, considère le terrain vague et le dépôt de bois blanchis par la nuit, puis le grand tas de briques qui – souci d'élégance, instinct grégaire ou peur du froid – s'est lui aussi coiffé de blanc, et bon, tout cela est bien beau mais maintenant, au boulot.

24

Bien sûr qu'il travaillait. Il n'était pas de ces *Luft-menschen* désœuvrés, éloignés des contingences matérielles de la vie. Il ne jouissait pas de ses rentes, pas plus qu'il ne vivait aux crochets d'une femme. Il trimait, Piekielny. Que faisait-il exactement ? Sur cela non plus Gary ne nous dit rien. Disons seulement qu'il partait tôt le matin et qu'il rentrait à la nuit tombée. Est-ce qu'il était mécanicien, charpentier, épicier, forgeron, bourrelier, charron, menuisier, fourreur, ferblantier, lapicide, barbier, paysan, tanneur, marchand de tissus, cardeur, vannier, bonnetier ? Je n'en sais rien. Quelqu'un seulement le sut-il ? Et quelqu'un le sait-il encore aujourd'hui ?

25

En y repensant je ne crois pas qu'il était épicier ni marchand. Vous l'imaginez derrière un comptoir, déballant son café, ses rahat-loukoums, ses étoffes ou ses soldats de plomb ? Il est tout aussi improbable qu'il fît un métier qui demandait un effort physique important : Piekielny, semble-t-il, était de complexion délicate. La robustesse, très peu pour lui. Ni faucille donc, ni marteau. Ce qui d'office exclut de la liste mécanicien, charpentier, paysan, forgeron, charron, menuisier, ferblantier et tanneur.

J'espère enfin de tout cœur qu'il n'était ni bourrelier ni lapicide ni cardeur (je n'ai aucune idée de ce dont il s'agit). Alors quoi? Fourreur? Barbier? Mais le père du petit Roman était fourreur, et nous ne sommes pas assez romanesques. Piekielny devait donc être barbier.

26

C'était une échoppe minuscule, dans une ruelle à deux pas de la Grande-Pohulanka, avec pour enseigne une moustache en fer forgé, et là-dessus en lettres d'or : *Piekielny, Maître barbier.* Là, il vous débarrassait promptement, délicatement, suspendait redingote et chapeau à la patère fixée au mur, puis vous invitait à prendre place sur un vieux fauteuil en bois vermoulu, avec appui-tête et repose-pieds. Alors, il reculait de deux pas, et dans un grand silence solennel, un blaireau à la main, il vous considérait longuement, gravement, comme Michel-Ange et son pic devant ce marbre mal dégrossi qui devait donner le *David.* Puis il diluait les poudres à savon dans un plat, vous en badigeonnait le visage et, impérial, sans que sa paupière ne clignât ni que sa main ne tremblât, il se saisissait d'un coupe-chou dont la lame, une fois sortie de sa châsse, brillait comme le couperet de la Veuve. Il fallait le voir, alors, en ce fugace instant précédant l'exécution de son art : effroi et volupté se mêlaient dans son œil, comme des milliers de fois ils avaient dû se mêler dans celui de Sanson dont le couteau bien connu rasait large. Comme Sanson il vous mettait en garde, vous priait de ne pas bouger brusquement – du moins si vous teniez à la vie (ce qui pour le coup indifférait *Monsieur de Paris*) –, puis il retombait dans son mutisme et, appliqué, théâtral, il vous faisait la barbe sans décrocher un seul mot – on peut raser, pensait-il, sans être raseur. Une première fois dans le sens du poil, une seconde à rebrousse-poil, après quoi, ayant éteint à la pierre d'alun le feu du rasoir, il appliquait un baume hydratant de son cru, et posait sur vos joues une serviette, petite et blanche, imbibée d'eau brûlante, qui vous plongeait dans une légère euphorie. Enfin, pour peu que vous fussiez client fidèle et pourvu d'une pilosité abondante, il faisait craquer une allumette à la flamme de laquelle, d'un geste vif et précis, il vous brûlait les poils des oreilles (sa spécialité). Alors, à nouveau il reculait de deux pas, cette fois-ci pour contempler le chef-d'œuvre achevé. Puis le vieux fauteuil pivotait pour faire face à la psyché de bois noir, et le barbier fébrilement attendait votre avis. Fébrilement parce qu'il était un artiste, et qu'il indexait son prix sur la satisfaction du client : un grand-sourire vous coûtait trois zlotys, deux zlotys pour un demi-sourire, rien, si vous restiez impassible (certains en tiraient avantage, qui mimaient le déplaisir pour être exonérés de paiement). Puis il vous rendait redingote et chapeau, et tout en vous tenant la porte il vous remerciait d'être venu et allez, bonne journée. Et pendant que vous repartiez avec votre moustache à la française, à la hongroise ou en brosse, vous arrêtant devant la première vitrine pour vous y mirer aussitôt (on l'a tous fait), Piekielny dans son échoppe bourrait sa pipe et s'accordait un repos mérité. Ou peut-être qu'il se remettait incontinent à l'ouvrage. Mais peut-être aussi que je me trompe et qu'il n'était pas barbier, qu'il ne l'a jamais été, pas plus en tout cas que je ne suis bourrelier, lapicide ou cardeur.

27

Il y a une chose en revanche sur laquelle je ne crois pas me tromper : il n'était pas marié, et il n'avait pas d'enfants – c'est du moins l'impression que nous laissent le peu de pages laissées par Gary. Est-ce qu'il avait aimé, Piekielny ? Et s'il avait aimé, l'avait-on aimé en retour ? Il ne lui aurait pas déplu que le soir après sa journée de travail la table fût mise, avec une nappe brodée, des couverts en argent, peut-être aussi des fleurs et des bougies ; qu'au bout de cette table il s'assît comme un roi entouré de sa cour ; que cette cour à l'autre bout fût une jeune et jolie femme qui se tînt en silence, avec les égards que l'on doit à son roi, ou mieux encore qu'elle lui parlât doucement dans le sabir enivrant du shtetl, lui demandât dans un mélange de yiddish et de polonais comment s'était passée sa journée, et alors il aurait haussé les épaules, *oh tu sais,* et tout en continuant de manger il aurait posé le fruit du labeur journalier sur la table – écrivant cela je peux voir les zlotys briller de mille feux sous les bougies comme brille aussi le regard énamouré de sa femme, or tout porte à croire que lui n'en a rien vu : le roi munificent tous les soirs dînait seul ; il n'avait d'autre cour que celle, selon les saisons enneigée ou gorgée de soleil, qu'il voyait en contrebas, à travers la fenêtre.

Comme tout un chacun il avait eu son histoire d'amour ; il était encore jeune et c'était un mardi. Une femme gantée, fardée, chapeautée, s'était présentée dans son échoppe en plein mois d'août ; que pouvait-elle bien lui vouloir ? Monsieur, avait-elle dit, mon mari est infirme et sa barbe massive. Venez chez nous, coupez-la-lui, je paierai double. Piekielny ce jour-là n'avait pas de client ; il l'avait suivie, son blaireau dans une poche, son coupe-chou dans l'autre, sa pipe à la bouche. Ils étaient arrivés devant une immense bâtisse, et l'avaient traversée jusqu'à la chambre à coucher où Piekielny s'était retrouvé en compagnie de la maîtresse de maison – et en l'absence du maître des lieux. Il ne va pas tarder, avait-elle dit. En attendant, je continuerais volontiers à vous faire la visite, mais je suis un peu fatiguée. Vous permettez que je m'allonge un instant ? Piekielny avait permis, et la femme gantée, fardée, chapeautée, avait ôté ses gants puis son chapeau puis le reste (il fait bien chaud, ici, vous permettez que je prenne mes aises ? Piekielny avait permis), après quoi elle l'avait invité à rejoindre sa couche. Alors Piekielny l'avait entreprise par-devant, par-derrière, derechef par-devant mais en amont, au niveau du visage, par équité plus que par simple plaisir, afin qu'aucun orifice ne s'estimât lésé. Ils étaient savamment imbriqués l'un dans l'autre quand le mari était apparu dans la chambre, étonné puis furieux, massivement barbu, pas infirme du tout. Des années plus tard, certains jureraient avoir vu ce jour-là un petit homme à la barbiche pas encore totalement roussie par le tabac courir nu dans les rues de Wilno, une pipe à la bouche, ses vêtements à la main. Depuis, rien. De l'amour, Piekielny ne connaissait plus que le mot; il n'avait eu personne dans sa vie. Ni fée du logis contre qui se blottir dans des draps frais, ni même une terrible Piekielnya peu douée pour les élans de tendresse, une vieille femme revêche qui lui aurait fait une scène quand ayant bu à longs traits, défait des corsages, refait le monde et balayé d'un revers de main l'inévitable panache de fumée – celle des pipes, épaisse, s'agrégeant à celle, plus claire, des haleines enivrées –, il serait rentré dans la nuit d'un de ces cafés interlopes que dissimule la pénombre d'une arrière-cour pour s'effondrer de tout son petit poids sur le lit conjugal. Même cela qui pourtant est si peu il ne lui avait pas été donné de le connaître, et un jour il mourrait.

Un jour comme un autre – et bien qu'il eût, des années durant, secrètement espéré se voir exempté de cette obligation qu'il trouvait méprisable – il mourrait. Qui, alors, se souviendrait de lui? Qu'une stèle – une pauvre *matzevah* en pierre grise, posée de guingois, gagnée par les mauvaises herbes et dépourvue de galets – pût attester, seule, de son passage ici-bas lui était intolérable. Et s'il daignait se soumettre aux diktats du Ciel, il ne pouvait laisser le sort de sa mémoire sur les genoux de Dieu; il se résignait à la mort; pas au silence séculaire : il refusait que son nom mourût avec lui. Il fallait qu'au mépris des lois du temps quelqu'un quelque part le prononçât quelquefois, ce nom de Piekielny. À Vilnius ou ailleurs. À Paris par exemple, d'où je décidai de poursuivre mon enquête lituanienne : il était temps d'écrire une lettre.

28

C'était le 9 octobre 2014, un mercredi ou un jeudi. Je m'en souviens parfaitement car ce jour-là je m'étais levé assez tôt, vers dix heures du matin. Je venais d'emménager à Paris, des cartons traînaient un peu partout, il fallait les vider mais bon, pas envie. J'écrivis donc une lettre dans laquelle je demandai à consulter le registre du n° 16 de la rue Grande-Pohulanka, de 1921 à 1925. Puis je glissai la lettre dans une enveloppe, et je m'apprêtais à sortir pour la poster quand je reçus un appel de Clément.

29

Quelques années plus tôt, en terrasse du café Le Refuge, rue Lamarck à Paris, j'avais vu, attablé devant une bière, blonde et fruitée, un jeune homme, vingt ans à peine, cheveux châtains et bouclés. Il attendait quelqu'un et, en attendant, il recopiait de mémoire, sur la nappe en papier, les vingt-cinq quatrains du *Bateau ivre*. Drôle de façon de tuer le temps, dis-je. On s'occupe comme on peut, fit-il, et puis il ajouta qu'il s'appelait Clément. La conversation fut vite engagée ; nous partagions un vice inavouable quoique impuni par la loi : nous écrivions. Nous nous revîmes, nous devînmes très amis.

30

— Tu as vu ? dit Clément.
— Vu quoi ? dis-je.
— Modiano !
— Il a battu le record du monde de saut à la perche ?
— Il vient d'avoir le Nobel !

Je levai les bras au ciel, comme si j'avais moi-même remporté le prix – en littérature comme en sport, on a le droit d'être chauvin. Puis je pensai à Philip Roth, que j'imaginai dans sa maison du Connecticut, levant non les bras mais les yeux au ciel, secouant la tête, la prenant entre ses mains et finissant par lâcher, incrédule : Patrick *fucking who*?

Voilà pourquoi je me souviens parfaitement du jour où je postai la lettre au Département central des Archives lituaniennes dont je vous donne l'adresse, on ne sait jamais : Lietuvos centrinis valstybės archyvas, O. Milašiaus g. 21, LT-10102 Vilnius, Lituanie.

Les Archives lituaniennes se trouvent en périphérie. Je ne les vis pas lors de mon voyage inaugural à Vilnius. Quand je quittai la cour de l'immeuble, au chapitre 9, je me dirigeai vers la vieille ville, passai devant la statue en bronze du petit garçon avec une rose à ses pieds, puis je continuai à marcher au hasard des rues, avec cette mélancolie diffuse qui parfois m'étreint et me fait envisager le monde à travers un *filtre sépia*.

C'est une affection chronique et méconnue dont je suis peut-être l'unique sujet et qui consiste, pour celui qui en est atteint, à se représenter l'environnement dans lequel il évolue non pas tel qu'il est, mais tel qu'il a été à une période donnée de l'Histoire.

Quand je suis à Paris, mon filtre est *révolutionnaire*. Ainsi m'est-il arrivé, après avoir descendu en scooter la rue de Rivoli, me faufilant périlleusement et au mépris du code de la route entre divers véhicules motorisés conduits par des chauffeurs diversement polis, de débarquer place de la Concorde et d'apercevoir en son centre, non pas les hiéroglyphes et le pyramidion doré de l'obélisque, mais la Liberté coiffée du bonnet phrygien avec en vis-à-vis sa petite sœur la guillotine, hautaine et majestueuse, avec sa lunette, sa bascule et bien sûr son biseau écarlate, étincelant, maculé du sang de quelque malheureux qu'elle venait de décoiffer sous les vivats de la foule. Qui ne s'est jamais trouvé juché sur un Vespa rutilant devant le bourreau brandissant par les cheveux une tête plus rouge encore, sanguinolente, tout juste séparée de son tronc, celui-là ne connaît pas les frissons que procure un filtre sépia.

Si la plupart du temps mon filtre ne prête guère à conséquence, ce n'est pas toujours le cas, tant s'en faut, et alors je passe pour un *original* – quand ce n'est pas pour un fou. Ainsi je n'oublierai jamais ce jour où, déjeunant avec une amie au Procope, rue de l'Ancienne-Comédie, je crus voir attablés, conspirant dans un coin, Danton, Marat et Robespierre, et me dressant prestement tout en levant mon verre devant les serveurs éberlués, je m'écriai : Vive la Révolution !

À Vilnius ce jour-là, j'étais pris d'une crise de sépia aiguë, période 1920. Dans telle rue où des taxis stationnaient en double file, je me représentais des cochers de fiacre en haut-de-forme et en houppelande ; sur telle place où des touristes prenaient des selfies, je voyais des camelots, des charretiers, des portefaix, des rémouleurs de couteaux ; j'avais aussi l'ouïe en sépia : entré dans un bar d'où s'échappait l'inégalable flow d'Eminem, j'entendais monter la ritournelle, populaire et saccadée, lancinante et lassante, d'un orgue de Barbarie.

J'en sortis pour ne trouver que des rafales de vent dans lesquelles s'engouffraient des gerbes de pluie – et alors j'éprouvai, me lacérant le visage, la sensation de rafales de vent dans lesquelles s'engouffraient des gerbes de pluie : cela au moins n'avait pas changé. Un peu plus loin j'entrai dans une librairie, pour m'y abriter davantage que pour consulter les livres qui devaient être, tous, en lituanien. Or il y avait, sur une étagère du fond, quelques romans américains en espagnol, en allemand, en italien, en français, et un guide sur Vilnius que je feuilletai nonchalamment.

L'une des premières phrases que je lus – je m'en souviens comme si je venais de la lire à l'instant – informait le lecteur que «près de soixante mille Juifs vivaient à Vilnius avant la guerre», qu'«à la fin il en restait moins de deux mille», et qu'ils n'étaient «plus aujourd'hui que mille deux cents». Et puis un peu plus bas, cette autre phrase : «Des cent six synagogues que comptait la ville en 1940, il n'en reste plus qu'une aujourd'hui.»

Mon filtre aussitôt disparut : j'étais de retour dans *la réalité rugueuse*, j'achetai le guide et j'en lus quelques pages, la section «Arts, cuisine et Histoire» puis la section «À ne surtout pas rater!», subdivision de la section «À faire/à voir» selon laquelle le panorama depuis la tour de Gedymin valait «vraiment le coup d'œil». Il me restait quelques heures à tuer avant mon train pour Minsk; je décidai de suivre les conseils du guide et d'aller la voir, cette fameuse tour de Gedymin, quarante-huit mètres de briques rouges surmontées d'un mât où flottaient les trois couleurs du drapeau lituanien, où du temps de Piekielny avaient flotté tour à tour les deux bandes horizontales de la Pologne, puis la faucille et le marteau des Soviets, puis la croix gammée des nazis, puis à nouveau la faucille et le marteau des Soviets – mais Piekielny alors n'était plus là pour les voir, comme il n'était plus là pour voir que cette ville où je me trouvais près d'un siècle plus tard, *sa* ville, sa Vilnius qu'il appelait Wilno et qu'on appelait aussi avant-guerre, m'apprit le guide, «la Jérusalem de Lituanie», cette Vilnius-là avait quasiment disparu, c'était une Atlantide engloutie par les vagues rouge et brune, elle n'existait plus, cette Vilnius dont le guide précisait dans la section «Arts, cuisine et Histoire» qu'elle avait été « *quasiment* vidée de ses Juifs» – *judenrein,* comme auraient dit les nazis.

32

Pendant quelques mois j'ai vécu à Venise. Je me levais avec l'aube, vers midi (c'était bien l'aube quelque part, à cinq ou six fuseaux de Venise), j'allais prendre mon petit déjeuner sur le campo Santa Maria Formosa, toujours la même chose, *una brioche a la crema e una cioccolata calda* après quoi, tantôt allongé sur le couvercle en bronze du puits au milieu de la place, tantôt adossé à ses margelles chichement décorées, je lisais pendant une heure, puis je rentrais chez moi, j'écrivais, et la nuit tombant j'enfilais un short, un t-shirt, je chaussais une paire de baskets et, dûment équipé, je partais courir. Quarante-cinq minutes plus tard, où que je fusse j'arrêtais ma course, et je restais là à reprendre mon souffle, en contemplant ce qu'il y avait devant moi – le plus souvent de l'eau et là-dessus des bateaux, tout un tas de bateaux, vaporetti, trois-mâts, paquebots, yoles, trawlers, rafiots, yachts, kayaks, pirogues, barques en tous genres, inévitables gondoles se frayant un chemin à travers les canaux ou amarrées à des pieux plantés dans la vase, gondoles immobiles et bâchées de bleu, ondoyant comme des touches de piano d'où sortait un seul et même son, le clapotis des vagues contre leurs proues à six dents. Il m'arrivait aussi de m'arrêter dans l'ombre d'une *calle* minuscule (de celles où se réfugient les jeunes Vénitiens, la nuit, sous les étoiles, pour braver entre deux pans de mur l'interdit parental du pas-de-ça-sous-mon-toit), devant la porte d'une maison que j'examinais longuement, scrutant ses moindres détails, linteau, chambranle, ferrures, montants, parclose, travers, soubassements, poignée dorée à tête de Maure, heurtoir enchâssé dans la gueule d'un lion, etc., ou encore sur les Zattere – le plus bel endroit du monde – ou sur le quai des Esclavons – qui n'est pas mal non plus.

Un soir où ma course s'était achevée là, au niveau de l'hôtel Danieli, je repris mon souffle place Saint-Marc, sous le double rang de colonnes ajourées du palais des Doges, puis, m'étirant devant cette mosquée contrariée au «pavement déclive et boursouflé» qu'on appelle la Basilique, je réalisai que se trouvaient, juste devant, trois grands mâts rouges que supportaient des piédestaux de bronze finement ciselés, et que jamais je n'avais remarqués. On avait dû les mettre là récemment, pensai-je, puis je n'y pensai plus.

Des mois plus tard, un après-midi, de retour à Paris je visitai le musée Jacquemart-André (c'est assez rare pour être souligné : vous savez comme la visite des musées, en général, m'emmerde prodigieusement). Là, je tombai sur le tableau d'un védutiste vénitien dont Venise était la muse : *La Place Saint-Marc* (Canaletto, 1740).

Canaletto, La place Saint-Marc, *vers 1740, huile sur toile,*
musée Jacquemart-André.

Devant ce tableau, je restai de longues minutes, stupéfait : la place était *exactement* telle que je l'avais vue
quelques mois plus tôt, de la Basilique au Campanile en
passant par la Tour de l'Horloge, jusqu'aux trois grands
mâts rouges dont la présence était *légèrement* antérieure à
mon jogging vespéral, puisque – j'en avais la preuve sous
les yeux – ils étaient déjà là du temps de Canaletto. Et si
le peintre, me dis-je, devait revenir aujourd'hui dans la
cité des Doges, deux cent cinquante ans et quelques
après sa mort, il ne serait pas *complètement* dépaysé.
   Alors bien sûr il aurait sans doute quelques motifs de stupéfaction : il s'étonnerait certainement de voir ces barques
sans rames qui semblent mues par la seule force de l'esprit ; il serait peut-être apeuré par ces insectes aux trajec-
toires si droites et qui laissent des nuages éphémères, le

blanc jailli de leurs ailes finissant par se dissoudre dans le bleu du ciel ; il s'inquiéterait de savoir où sont passés les Dalmates, les Albanais, les Flamands, les Grecs, les Milanais, les Tartares, les Mongols, et il se demanderait de quelles contrées lointaines proviennent ces hordes barbares portant des bananes autour de la taille, des chaussettes dans leurs sandales, leur inculture en bandoulière et, au bout d'une perche, cette drôle d'amulette qu'ils brandissent si souvent face à eux.

Je ne prétends pas non plus que certaines transformations de la ville, certains changements dans sa physionomie ne manqueraient pas de l'étonner : qu'a-t-on fait, se demanderait Canaletto, de l'église San Geminiano ? Et depuis quand des jardins se trouvent à la pointe orientale du Castello ? Et ces trois ponts supplémentaires, jetés par-dessus le Grand Canal ? Et quelle est cette horreur, sur le campo Manin ? Est-ce qu'on a pendu son architecte haut et court, entre les colonnes de Saint-Marc ?

Mais enfin il la reconnaîtrait, sa Venise : il la trouverait sans doute amochée, enlaidie par le tourisme de masse, mais il n'aurait pas la sensation d'avoir perdu *tous* ses repères, la fâcheuse impression d'être jeté en terre inconnue, tandis que Piekielny, pensais-je en me promenant dans Vilnius, s'il devait y revenir, *hic et nunc*, Piekielny sans doute effaré, certainement attristé, n'y trouverait rien, quasiment rien qui lui fût familier, rien qui pût lui rappeler la Wilno de l'époque, de cette époque qu'il avait connue, et qui dans le puits sans fond du passé avait sombré avec lui.

Me promenant dans Vilnius, je pensais donc à Venise. Vilnius était l'anti-Venise. Le temps y avait opéré selon des modalités différentes, avec des conséquences opposées : d'un côté – Venise – la cristallisation du passé, et de l'autre – Vilnius – son anéantissement pur et simple.

J'avais tort.

Je devais apprendre plus tard que la topographie de la ville n'avait pas été *totalement* bouleversée. Outre la tour de Gedymin, subsistaient, un peu partout dans Vilnius, des rues, des jardins, des places, des monuments, des immeubles antérieurs à l'époque de Piekielny, que ses yeux sans doute avaient vus et que les miens pouvaient voir : l'immense gâteau de mariage qui a tout d'une cathédrale, le jardin des Bernardins, la porte de l'Aurore, tout un tas d'églises que surplombe la colline des Trois Croix, la Vilnius catholique, donc, était toujours là, mais la Vilnius de Piekielny, la Vilnius juive avec ses *yeshivot*, ses synagogues et ses maisons de prière, la *Jérusalem de Lituanie*, elle, avait bel et bien disparu.

« La gentille souris de Wilno a depuis longtemps terminé sa minuscule existence dans les fours crématoires des nazis, en compagnie de quelques autres millions de Juifs d'Europe. »

En commençant cette enquête, je ne savais presque rien de Piekielny, ni son prénom ni son âge, ni même sa profession, mais je savais qu'il était mort pendant la guerre, assassiné par les nazis. On devait pouvoir trouver son nom quelque part sur le registre d'un camp – sa vie réduite à un jeu d'écriture par la main d'un fonctionnaire de la mort.

Je savais – je croyais savoir – qu'il avait voyagé.

Il avait connu la promiscuité des wagons, le réveil dans la nuit noire où rien ne luit, l'étourdissement des grandes plaines désolées de Pologne, le sifflement du train qui arrive au bout des rails d'une gare sans nom.

Il n'en était pas revenu.

Il était juif, Piekielny. Pas un de ces *Juifs du soleil et du beau langage* débarqués tout droit de Céphalonie, non, lui était un Juif de la neige et du silence, taciturne, effacé, respectant le Shabbat, craignant Dieu et Le chérissant, voyant Sa présence dans toute chose – un nuage dans le ciel ? La barbe de Yahvé ! – et se mettant volontiers sous Sa protection (même s'il fermait toujours sa porte à double tour – on n'est jamais trop prudent). Et dans ses prières du matin il ne Lui demandait qu'une chose, une toute petite chose dérisoire et grandiose et qui m'émeut infiniment : que les damnés de la Terre fussent connus, ne serait-ce qu'un instant, de ceux qui en étaient les maîtres.

Mais les prières, n'est-ce pas, n'engagent que ceux qui les font. Et puis le barbu omnipotent n'a pas le temps de tout exaucer, encore moins de tout entendre, on ne Le blâme pas, on Le comprend, alors qu'on le comprenne aussi, Piekielny : il ne pouvait s'en remettre à Lui seul, il lui fallait des garanties, *au cas où*, dans l'hypothèse où l'Autre là-haut serait trop occupé. Or vivait dans l'immeuble ce gamin à qui la mère promettait monts et merveilles : ton nom, lui disait-elle, sera un jour gravé en lettres d'or sur les murs du lycée, tu seras D'Annunzio, lui disait-elle, tu seras Victor Hugo, Prix Nobel, lui disait-elle, alors lui, Piekielny, se disait qu'après tout pourquoi pas – qu'avait-il à perdre, sinon des rahat-loukoums et des soldats de plomb ? Il irait lui parler.

36

De Piekielny je savais donc les deux ou trois choses que renfermait la *Promesse*, ni plus ni moins que les quelques lignes laissées par la main de Gary. Or Gary était mort, enténébrant les secrets du petit homme qu'il avait mis en lumière, le temps d'un chapitre, les emportant avec lui dans le bleu du dernier chapitre à Menton, et je doutais qu'il y eût encore des vivants qui fussent en mesure d'éclairer ma lanterne.

Alors bien sûr il y avait peut-être quelqu'un quelque part qui avait pu le croiser fortuitement, un très vieux monsieur né avant-guerre à Wilno dont la pupille un soir d'hiver à la vue d'un petit homme en redingote s'était dilatée : le petit homme revenait du marché, il avait dans la poche une boîte de rahat-loukoums, il lui en avait offert quelques-uns, et il n'était pas impossible alors que le très vieux monsieur se remémorant cette scène se souvînt du goût presque élastique des rahat-loukoums entre sa langue et son palais, de la petite main qu'il avait tendue au petit homme pour le remercier solennellement, à la façon des enfants, et de la façon dont le petit homme avait passé une main sur sa tête à lui, le très vieux monsieur, ébouriffant ses cheveux blancs qui étaient blonds.

Mais je ne devais pas me faire d'illusions : s'il existait, et si cette scène avait eu lieu, ce très vieux monsieur n'avait sans doute jamais connu le nom du petit homme en redingote, et s'il l'avait connu il ne se souvenait plus de lui, et s'il s'en souvenait ses souvenirs étaient vagues, et s'ils ne l'étaient pas c'est qu'ils étaient anecdotiques, et puis, à supposer qu'il fût encore en vie, comment le retrouver ? D'emblée je dus me rendre à l'évidence : je ne saurais jamais *vraiment* qui était Piekielny. S'il y avait eu des témoins de sa vie, le temps les avait récusés.

Pourquoi, songeant à Piekielny, j'entends du violon ?

C'est peut-être qu'il en jouait. Les soirs d'hiver à Wilno étaient longs : il fallait bien s'occuper. Il y avait pour cela mille façons et l'une d'elles, pas plus improbable qu'une autre, consistait, à partir d'instruments à cordes, à vent, ou plus rarement à percussion, à produire ce langage universel, cette incompréhensible et néanmoins sublime alchimie sans quoi la vie serait amoindrie. Et quand songeant à Piekielny je tends l'oreille, c'est du violon que j'entends. Son violon, il l'avait sans doute acheté d'occasion, au début du siècle, pour une poignée de roubles ou de zlotys – il ne valait guère plus, des vers à bois avaient rongé les éclisses, une des chevilles lui manquait, de même que ce drôle d'hippocampe séché qu'on appelle une volute, et puis il faut dire aussi qu'il était usé jusqu'aux cordes, si mal en point que même un violoniste virtuose, un Paganini de Wilno n'aurait pu en tirer qu'un son rauque, éraillé, quelque chose comme la voix rogommeuse d'un vieux poivrot polonais en décembre, quand il rentre chez lui après la cuite de plomb journalière, avançant comme il peut dans la neige noire et blanche, foulée de pas incertains, invectivant les badauds, le ciel et la nuit.

Piekielny n'était pas luthier mais il était bricoleur, pas plus bête qu'un autre et habile de ses mains, et pendant des mois il l'avait patiemment restauré, allant jusqu'à sculpter lui-même une sublime volute qui n'avait rien de l'hippocampe habituel : il lui avait donné la forme d'une moustache en guidon, large, épaisse, aux pointes légèrement recourbées – proustienne, aurait-il dit s'il avait connu Proust, mais Proust alors était inconnu, connu seulement de quelques comtesses, de salonnards à gibus et particule qui deviendraient les piliers de sa cathédrale du temps.

Dans sa jeunesse, il en avait joué, du violon, Piekielny, avec une véritable frénésie, et puis il avait fallu se tuer à la tâche pour gagner de quoi vivre, de sorte que, ayant emménagé rue Grande-Pohulanka, il n'avait plus eu que la nuit pour s'adonner à son passe-temps favori, or chacun sait que la nuit les gens dorment. Alors il sortait son violon de l'étui – une boîte ocre, tapissée à l'intérieur de velours violet, et qu'il avait trouvée abandonnée dans la cour de l'immeuble –, tendait les crins de l'archet, se plaçait face au pupitre devant la fenêtre ouverte sur le ciel étoilé, puis ayant calé la base de l'instrument dans son cou, entre sa clavicule et sa mâchoire, il jouait, comme ça, une bonne partie de la nuit, mais jamais un son n'en sortait : jamais la mèche de l'archet ne touchait les cordes du violon qu'il avait retourné à dessein. Ses voisins étaient sans doute endormis, et s'ils ne l'étaient pas il avait peur que sa musique ne leur fût ennuyeuse, ou lassante, ou qu'elle ne fût si peu accommodée à leurs goûts qu'ils lui demanderaient d'arrêter son *crincrin*, or il voulait se faire aussi discret que possible, il ne voulait pas s'attirer des histoires et comptait bien vivre sa vie sans qu'on lui fît le moindre reproche : il était confus d'exister. Alors il s'abandonnait dans la voluptueuse mélodie du silence, passant et repassant la mèche de l'archet sur le bois vernis du violon, jouant pour de faux mais regardant pour de vrai les étoiles.

38

Les étoiles à Wilno scintillent comme à Nice – mais à Nice elles scintillent au-dessus de la mer. Les Kacew mère et fils y sont arrivés, *via* Varsovie, à l'été 1928. La mère y devient gérante de l'hôtel-pension Mermonts, une modeste pension de famille pourvue d'une vingtaine de chambres dont l'une, plus vaste et plus belle que les autres, est dévolue au fils qui commence à écrire.

Or pour se faire un nom dans les Lettres, encore faut-il en avoir un. Certains noms vous assignent un destin auquel il serait illusoire de vouloir échapper : que faire d'autre, par exemple, quand on s'appelle Chateaubriand, que grand écrivain ? « Presque mort » quand il vint au jour il était déjà immortel, et je ne serais pas étonné d'apprendre que son œuvre était là, éclatante et indiscutable, invisible, au revers de ses langes : il n'avait plus qu'à la signer de son nom.

Quand à dix-huit ans je commençai à jeter sur des feuilles de papier quelques phrases bancales, dépourvues de rythme et dénuées de poésie (les relisant aujourd'hui je voudrais présenter mes plus plates excuses à ces arbres que j'ai pu offenser), je n'avais aucun talent mais j'avais un nom d'écrivain. Ce Désérable, avec son accent tonique sur la dernière syllabe et sa connotation québécoise, me paraissait *assez satisfaisant*. J'aurais voulu pouvoir en dire autant de ce François-Henri : ma mère avait tenu à m'affubler d'un prénom composé car c'était, pensait-elle, le comble du chic. Je le trouvais surtout démodé, vieillot, fleurant l'Ancien Régime, et j'en eus la confirmation quand je publiai mon premier livre : votre recueil, là, sur la Révolution, me dit un libraire, eh bien figurez-vous qu'en voyant votre prénom sur la couverture, j'ai d'abord cru à la réédition d'un ouvrage oublié, quelque chose comme les Mémoires d'un académicien du XIXᵉ, comme quoi, les prénoms…

Ce prénom je ne sais si je l'aime, mais c'est le mien, je m'en accommode, et quand il me semble trop long je le réduis souverainement à ses seules initiales. Le jeune Kacew, lui, n'avait rien contre Roman, et débarquant à Nice il se contenta de le franciser en Romain. Mais quant à son nom, c'était *niet* : « Un grand écrivain français ne peut pas porter un nom russe, lui dit sa mère. Si tu étais un virtuose violoniste, ce serait très bien, mais pour un titan de la littérature, ça ne va pas… » Le *titan* qui n'avait pas encore écrit une ligne passait « des heures à essayer des pseudonymes », et ce n'est qu'en 1943, dans Londres à feu et à sang, qu'il trouva ce *Gary* aujourd'hui si français qui en russe veut dire : « brûle ! »

S'ils étaient à Nice, c'est qu'il avait fallu quitter Wilno.
  Après s'être vendus assez mal les chapeaux maternels
s'étaient vendus plutôt bien, puis de nouveau plutôt mal,
puis Roman était tombé malade et il avait fallu le soigner,
précipitant la ruine de sa mère et les envoyant de nouveau sur les routes, à Varsovie où Mina avait de la famille,
puis à Nice où elle n'en avait pas mais c'était en France
et là-bas, pensait-elle, son Romouchka accomplirait le
destin qu'elle lui avait assigné. Il avait donc fallu quitter
pour toujours le n° 16 de la rue Grande-Pohulanka :
« Nos meubles furent saisis et je me souviens d'un Polonais gras et chauve avec des moustaches de cafard, allant
et venant dans les salons, une serviette sous le bras, en
compagnie de deux acolytes qui paraissaient sortir de
Gogol, tâtant longuement les robes dans les placards, les
fauteuils, caressant les machines à coudre, les étoffes et
les mannequins d'osier. » Voilà ce qu'il écrit dans la *Promesse* à propos de leurs déboires à Wilno. Qu'y
apprend-on ? Que Gary a lu Gogol.

  Avant de le lire, il a dû en entendre parler, sinon à
l'école, du moins par sa mère qui l'a peut-être joué,

sinon dans les théâtres impériaux de Pétersbourg ou de Moscou, du moins sur des tréteaux montés à la hâte au beau milieu d'un village, en bordure de Volga devant des moujiks accablés de fatigue, doublement rubiconds par l'effet de l'alcool et du froid.

Et si Mina Kacew n'a pas joué Gogol, elle n'a pas pu ne pas en conter la vie à son fils, et je l'entends, un soir, à la lueur d'un cierge flambant, lui dire la fratrie excessive, l'exil et la mystique, le legs sacré de Pouchkine et la mélancolie, les autodafés dans le poêle, le grand auto-dafé de février 1852, les bains de glace et l'*échelle*, enfin, implorée dans l'aube pour grimper vers le ciel. Ce même soir ou un autre, peu importe, de sa voix un peu rauque, elle lui a lu quelques pages de Gogol, là-dessus il s'est endormi et elle n'a pas pu le regarder s'endormir, ce petit garçon sorti de ses entrailles, sans prier pour qu'il fût aussi et surtout *sorti du* Manteau *de Gogol*, comme l'oncle Fiodor, comme beaucoup d'autres après lui, et cependant qu'il rêvait, ce petit garçon, de barines, de moujiks en touloupe, de grooms en livrée, de parties de whist jusqu'au bout de la nuit, de *britchkas* cahotant par les rues de Pétersbourg, de villages où les isbas ressem-blaient à des bûches empilées et de Cosaques chevau-chant dans les étoiles, elle n'a pas pu ne pas rêver pour lui d'un destin identique à celui dont la plume les avait fait chevaucher.

41

Dans *Comme un roman*, Daniel Pennac établit une liste de droits imprescriptibles du lecteur parmi lesquels *le droit de lire n'importe où*. Pennac l'écrivain raconte alors comment, pendant son service militaire, le seconde classe Pennacchioni se portait volontaire, chaque matin, à l'infamante *corvée de chiottes*. Non qu'il fût un fanatique de la serpillière et du balai, mais quinze minutes à récurer les latrines suffisaient à ce qu'on l'y oublie et qu'on le laisse seul toute la matinée, sur un siège en faïence avec les œuvres complètes de Gogol entre les mains, mille neuf cents pages dissimulées dans la poche droite de son treillis militaire. De ce fait d'armes, écrit Pennac, «il ne reste que deux alexandrins, gravés très haut dans la fonte d'une chasse d'eau, et qui comptent parmi les plus somptueux de la poésie française :

Oui je peux sans mentir, assieds-toi, pédagogue,
Affirmer avoir lu tout mon Gogol aux gogues. »

42

De Gogol je n'avais lu, avant de commencer cette enquête, qu'un seul livre, et je l'avais lu, ce livre, au bureau, c'est-à-dire dans mon lit. (Il ne faut que deux choses dans la vie : de bonnes chaussures et un bon lit. On passe deux tiers de son temps dans les unes, un tiers dans l'autre.)

Ce livre avait pour titre *Les Âmes mortes*, chef-d'œuvre de Gogol que Gary a d'ailleurs évoqué dans *Chien Blanc* – un édito étiré sur deux cents pages, écrit à l'emporte-pièce, pas inintéressant mais pas non plus inoubliable, et que par conséquent j'aime un peu moins. Dans *Chien Blanc*, donc, Gary écrit : « Rappelez-vous que le mot "âme" désignait jusqu'en 1860, date de leur libération, les serfs en Russie. L'"âme" était une unité de vente et d'achat, le prix d'une âme à l'époque des *Âmes mortes* de Gogol se situait aux environs de deux cent cinquante mille roubles, à peu près l'équivalent de vingt-cinq mille anciens francs. » Ce qui fait aujourd'hui un peu plus de deux cent cinquante euros mais là n'est pas le sujet : le sujet, c'est que Gary a lu Gogol, et qu'on en tient, dans ces lignes – et dans celles de la *Promesse* –, la preuve littérale, irréfutable et parfaite.

Je décidai donc, moi aussi, de lire Gogol, tout Gogol, en commençant par la relecture des *Âmes mortes*, ou du moins de la première partie des *Âmes mortes* (la deuxième, Gogol l'a brûlée), qui débute par l'arrivée de Tchitchikov, « conseiller de collège, propriétaire foncier, voyageant pour ses affaires » (en vérité un escroc), dans la banale auberge d'un chef-lieu de province, suivi de Sélifane, son cocher aviné, et de son valet Pétrouchka, dont l'auteur nous dit qu'il est doté d'une « odeur *sui generis* ». Là, Tchitchikov pose ses bagages, commande à dîner, s'enquiert « avec une précision méticuleuse des noms du gouverneur, du président du tribunal, du pro-

cureur, de tous les hauts fonctionnaires » et demande
« des détails encore plus circonstanciés sur les propriétaires fonciers des alentours » : il veut savoir combien
d'âmes ils possèdent, à quelle distance de la ville ils
habitent, s'ils y viennent souvent, etc. Puis il visite la ville,
présente ses respects à tout ce qu'elle compte de
notables, se rend à la soirée du gouverneur, y joue au
whist, s'y montre affable et souriant, se fait inviter à
d'autres soirées où il se révèle « un homme du monde
accompli, sachant toujours et partout soutenir la conversation », au point qu'on s'honore bientôt de l'avoir à sa
table.

C'est là que Gogol invente le *cliffhanger*, ce procédé
qui consiste à terminer un chapitre en créant une attente
du lecteur (très courant dans les séries télé, quand le
héros, dans les dernières secondes d'un épisode, se
trouve dans son cercueil où on le croit mort et le voilà
qui soudain cligne des yeux ou, plus léger mais non
moins captivant, qu'il vient d'être surpris en compagnie
de sa maîtresse, dans le lit conjugal, par sa femme qu'il
croyait en voyage, et alors que va-t-il se passer ? La suite
au prochain épisode).

Ainsi le premier chapitre des *Âmes mortes* se conclut-il
par ce *cliffhanger* efficace bien que dépourvu de finesse :
« Cette flatteuse opinion [sur Tchitchikov] se maintint
jusqu'au jour où une bizarre fantaisie du voyageur et une
aventure que le lecteur apprendra bientôt plongèrent
presque toute la ville dans la stupéfaction. » Et je pourrais en faire autant, user du *cliffhanger* à la manière de
l'auteur des *Âmes mortes*, préciser que si je parle de lui ce
n'est pas anodin, qu'il y a peut-être là-dessous bien plus

qu'une énième digression, que le sort de Piekielny se joue autant dans les pages de Gary que dans celles de Gogol (mais peut-être aussi que non, finalement, peut-être que Gogol n'a rien à voir avec toute cette histoire, et que l'ayant terminée on se demandera ce que diable il faisait là-dedans. Nous verrons).

43

À Nice, Romain grandit, passe son bac, continue à écrire, d'abord à Aix, ensuite à Paris où il s'inscrit en droit – ce qu'on fait, le plus souvent, quand à dix-huit ans on ignore ce qu'on veut faire de sa vie.

J'ai toujours su à quoi je voulais consacrer la mienne. J'avais donné mes premiers coups de patins dès l'âge de cinq ans, à Amiens, sur la glace du Coliséum, la belle glace étonnamment bleutée cernée de gradins rouges où j'ai passé mon enfance, chaque soir à faire mes gammes, week-end inclus. La glace m'avait appris ce que je savais depuis toujours : rien, en dehors d'une patinoire, ne trouvait grâce à mes yeux.

Le bac en poche, je décidai naturellement d'être joueur de hockey professionnel – et de ne faire que cela. Mon père s'en réjouit (lui-même avait été joueur puis entraîneur de hockey) ; ma mère fut sur le point de s'évanouir. C'était *hors de question* : elle n'avait pas élevé son fils pour le voir pousser une rondelle de caoutchouc au bout d'un bâton, fût-il prolongé d'une palette savamment incurvée. Hockeyeur professionnel? Et pourquoi pas, me dit-elle, cracheur de feu sur le parvis de la cathédrale? Je voulais faire du hockey? C'était d'accord, à condition que je fasse aussi des études.

J'avais l'âge où l'on est docile, encore respectueux de l'autorité parentale, et surtout dépourvu de moyens d'existence : j'y consentis. Mais quelles études, et pour combien de temps? Ce que tu veux, précisa-t-elle, pourvu que tu ailles jusqu'en thèse (elle n'en démordait pas). Alors je décidai de m'inscrire à la fac, pour la forme, en me jurant de n'y jamais mettre les pieds.

La plupart des locaux de l'Université de Picardie Jules-Verne, inaugurée en 1969, se situent en périphérie : après *les événements*, on jugea plus sage de reléguer les *fauteurs de troubles* en puissance en dehors de la ville – à quoi bon renverser l'ordre établi au beau milieu des champs de betteraves? Seules les facultés de sciences, d'économie, de médecine et de droit – dont, à tort ou à raison, on considérait les étudiants moins enclins à la révolte – furent implantées en centre-ville. Aujourd'hui encore elles se trouvent en plein cœur du quartier Saint-Leu, à deux pas de la cathédrale, et à trois de la patinoire.

Les sciences m'épouvantaient, autant sinon plus que la longueur des études de médecine. Restaient donc l'économie et le droit. Avec un palet de hockey, je jouai à pile ou face : ce fut le droit. Au grand bonheur de ma mère, qui déjà me voyait portant l'épitoge écarlate avec effets de manche et se voyait, elle, paradant à mon bras rue des Trois-Cailloux – les Champs-Élysées d'Amiens – où l'on me donnerait du docteur ou du maître (je n'allais pas me contenter d'une thèse, je serais aussi avocat). Ainsi me retrouvai-je sur les bancs d'un amphi, à suivre des cours magistraux où j'appris qu'un article *dispose*, qu'on *interjette appel* et qu'on *forme un pourvoi*. Il n'est pas impossible que l'on m'ait aperçu arpentant les travées de la fac, l'air pénétré, un Code civil sous le bras : j'étais de ceux qui doctement prononçaient des mots comme *synallagmatique* ou *chirographaire*, pour qui Morsang-sur-Orge le samedi soir était *the place to be*, et qui savaient évidemment que *fraus omnia corrumpit*. J'avais l'âge d'un jeune homme et la gravité d'un vieil érudit : un mirliflore doublé d'un barbon, voilà ce que j'étais devenu. Il y eut des examens, des résultats, des éloges : je rougis comme un Dalloz et m'enivrai de gloriole. Le premier semestre prit fin. Il n'y en eut pas de deuxième.

Le chômage des jeunes, à l'époque, était endémique – ni plus ni moins qu'aujourd'hui. Une loi, dite *pour l'égalité des chances*, devait y remédier promptement, en partie grâce au CPE, dispositif miracle dont l'acronyme recouvrait des réalités différentes : Contrat Première Embauche pour le gouvernement, Chômage Précarité Exploitation pour l'opposition, Contre-Pouvoir Étudiant pour la jeunesse, dont une partie protesta d'abord dans la rue, puis rapidement dans les amphis : un peu partout on se réunit en assemblées générales, on vota des motions de censure, on coucha des chaises et des tables devant les portes d'entrée (on disait pompeusement « élever des barricades »). La plupart des facs furent bloquées. L'Université de Picardie – en centre-ville comme ailleurs – ne fit pas exception : elle devint un des bastions de la contestation étudiante.

En dehors de ma prière du soir (les quatre heures quotidiennement consacrées aux dieux de la glace), je me trouvai désœuvré. J'en profitai pour ne rien faire, rêvasser, me promener, regarder la pluie tomber (distraction qui là-bas peut longtemps vous tenir en haleine : il pleut sans arrêt, et l'absence de pluie est signe annonciateur de pluie, s'il ne pleut pas, c'est donc qu'il *va pleuvoir*) ; l'ennui me fut vite ennuyeux.

Je ne sais comment, un après-midi de mars, mes pérégrinations me portèrent rue de la République, devant la bibliothèque Louis-Aragon dont le nom m'était inconnu mais pas l'édifice, vaste bâtisse néoclassique soutenue par une rangée de colonnes doriques – la première fois que je la vis, je la trouvai franchement laide. J'entrai là-dedans à tâtons, comme on s'aventure dans un lieu inexploré et vaguement menaçant : il y avait là, par milliers, ces objets inexplorés et vaguement menaçants qu'on appelle des livres.

J'en pris un au hasard et soudain, descendu de cheval, j'allais le long des noisetiers et des églantiers, suivi des deux chevaux que le valet d'écurie tenait par les rênes, allais dans les craquements du silence, torse nu sous le soleil de midi, allais et souriais, étrange et princier, sûr d'une victoire. En cinq jours de pure exaltation je lus *Belle du Seigneur*, et dès lors je vécus entouré de livres. En ce printemps où la jeunesse française était dans la rue, j'étais à l'étude quand le Proviseur entra, suivi d'un nouveau habillé en bourgeois et d'un garçon de classe qui portait un grand pupitre ; ou bien j'étais avec Joseph K., qu'on avait sûrement calomnié car, sans avoir rien fait de mal, il fut arrêté un matin ; ou alors j'étais à Mégara, faubourg de Carthage, dans les jardins d'Hamilcar ; à moins que je ne fusse bien des années plus tard, face au peloton d'exécution.

Le sort du CPE qu'on allait bientôt exécuter m'était indifférent : on aurait pu mettre à bas les institutions de la République et guillotiner le président sous mes fenêtres, j'aurais tiré les rideaux. De tout cela désormais je me foutais royalement. J'étais Kafka notant dans son *Journal*, à l'été 1914 : « L'Allemagne a déclaré la guerre à la Russie. Après-midi, piscine. »

La loi finalement fut promulguée, puis suspendue ; un petit matin sonna le glas du Grand Soir ; on redressa les tables, on épousseta les chaises : il n'y avait plus de *barricades*. Les cours reprirent ; je n'y retournai pas. On me croyait sur les bancs de la fac : j'étais à la bibliothèque où je lisais, j'écrivais. Je ne savais pas, alors, que ma vie tout entière allait tenir dans ces deux verbes, au point qu'elle se confondrait avec eux.

44

Mais revenons à Gary. Est-ce que parlant de moi ce n'est pas de lui que je parle ? Je crois savoir ce qu'est l'exigence d'une mère ; j'avais une Mina Kacew, moi aussi, seulement celle-là n'empilait pas en esprit des romans comme un marchepied vers la gloire – une thèse, pensait-elle, m'y mènerait plus sûrement –, mais l'une comme l'autre voulaient nous voir leur rendre au centuple ce dont la vie les avait injustement spoliées.

Pour Mina les Lettres n'étaient pas suffisantes : que son Romouchka devînt l'un des plus grands écrivains de son temps, d'accord, mais il fallait de surcroît qu'il fût ambassadeur, rien de moins. D'où le droit. Quelques années pendant lesquelles il va négliger ses cours pour écrire, commencer puis finir un roman qui sera refusé, faire lire Proust à une jeune charcutière, dévorer des bocaux de concombres salés, se gaver de croissants chez Capoulade, à l'angle du boulevard Saint-Michel et de la rue Soufflot, où l'on peut aujourd'hui déjeuner d'un mauvais burger et de frites surgelées, coucher avec une adorable Suédoise qui découchera, faire des dizaines de petits boulots parmi lesquels garçon dans un restaurant de Montparnasse, livreur tricycliste, réceptionniste dans un palace de l'Étoile, figurant de cinéma, plongeur chez Larue, au Ritz, et rédacteur de nouvelles pour des journaux qui de plus en plus vont consacrer leurs manchettes au moustachu exalté de Berlin, un dictateur allemand à la mode. Mais Romain à cette époque se foutait des dictatures, il se foutait de l'Allemagne, et il se foutait plus encore de la mode. Il rêvait de plages et de galets, de jeunes filles un peu lestes et vêtues de peu, de petite vertu, et c'est ainsi qu'on le retrouve en novembre 1938 à Salon-de-Provence, incorporé sous le soleil tapageur du Sud avant d'être envoyé sous celui plus timide du Centre, à l'École de l'Air d'Avord où «bardé de cuir, casqué, ganté, les lunettes sur le front» il est convié à s'envoyer en l'air – peut-être pas de la façon qu'il avait prévu. Puis ce fut Bordeaux-Mérignac et les heures passées comme navigateur, mitrailleur et bombardier, puis la guerre et hop ! fini l'entraînement, direction l'Angleterre où se jouait l'honneur de la France.

45

C'est à cette époque à peu près, un peu avant de s'envoler pour Londres, dit-il dans une interview, qu'il a lu *Les Soirées du hameau*. Dans « Une terrible vengeance », l'une des nouvelles du recueil de Gogol, l'histoire se passe à Kiev, au temps des Cosaques, quand l'*essaoul* Gorobets célèbre les noces de son fils : « On aimait à bien manger au temps jadis, on aimait plus encore à bien boire, et on aimait par-dessus tout à bien s'amuser », alors on mange, on boit, on s'amuse, les musiciens jouent, les jeunes filles dansent, et quand arrivent les icônes, un Cosaque se métamorphose en vieillard. On le prend pour un sorcier, et alors l'« étrange vieillard, écrit Gogol, siffla d'une voix rauque, fit claquer ses mâchoires comme un loup et disparut ».

D'habitude, après une phrase comme celle-ci je referme le livre. L'*heroic fantasy*, très peu pour moi. Mais qui étais-je pour abandonner Gogol en cours de lecture ? J'ai continué, et je dois dire que bien m'en a pris. Un peu plus loin, au chapitre III, il y a ce passage qui me fait penser au Piekielny de la *Promesse* – ou tout au moins à l'idée que je me fais du Piekielny de la *Promesse* : « Le Cosaque (…) trouve plaisir, en se réveillant au milieu de la nuit, à jeter un coup d'œil sur le ciel vertigineux tout parsemé d'étoiles et à frissonner quand le froid de la nuit vient rafraîchir ses os de Cosaque. S'étirant et marmonnant à travers son sommeil, il allume sa pipe et s'emmitoufle de plus belle dans sa chaude pelisse. »

Du Piekielny tout craché.

46

Plus d'un mois et demi avait passé et je n'avais toujours pas de réponse à ma lettre. Le mécanisme était grippé. Est-ce qu'il n'y avait pas là-bas, aux Archives lituaniennes, « l'une de ces sentinelles de l'oubli chargées de garder un secret honteux, et d'interdire à ceux qui le voulaient de retrouver la moindre trace de l'existence de quelqu'un » ?

Il y avait pourtant bien des archives – il s'en était fallu de peu qu'il n'y en eût pas. Les Allemands avaient employé tout leur zèle à les faire disparaître, efforts entravés par le zèle au carré de la « Brigade des papiers » – c'est le nom que s'étaient donné les quelques Juifs du ghetto de Wilno réquisitionnés pour faire le tri parmi les milliers de documents pillés, et les distinguer selon un seul et unique critère, gage de l'efficacité nazie : d'un

côté ceux dont la reliure était belle et qui par conséquent devaient être envoyés à Francfort ou Berlin, et de
l'autre tout le reste, destiné au pilon.

Des milliers de documents furent soustraits aux pil-
lards, disséminés dans des caves et dans des combles et
retrouvés après la guerre puis à nouveau dissimulés : le
moustachu de Moscou ayant décidé de parachever le travail de son homologue berlinois, il fallut à nouveau les
cacher. Ce que fit Antanas Ulpis, bibliothécaire grâce à
qui, un demi-siècle plus tard, on put enfin les exhumer,
les classer, les ranger, et les oublier sur des étagères
jusqu'au jour où l'on découvrit, sous l'impulsion de
Romas Ramanauskas, président du « Club Romain Gary
de Vilnius », plusieurs chemises cartonnées dont l'une
contenait les papiers d'identité d'un certain Roman
Kacew, quatre autres ceux de sa mère, Mina Kacew, six
autres ceux de son père, Leiba Kacew, et deux autres les
registres des résidents du n° 16 de la rue Wielka Pohulanka (Grande-Pohulanka, en polonais).

47

J'envoyai donc un mail à Elžbeta Šimelevičienė, archi-
viste à Vilnius. Est-ce qu'elle pouvait les consulter, ces
registres, pour la période 1921-1925, et me dire si l'on y
trouvait la mention d'un certain M. Piekielny ? Elle fit
droit à ma requête qu'elle allait transmettre aussitôt, me

dit-elle, à Dalius Žižys, directeur des Archives nationales. Huit jours plus tard, je reçus en pièce jointe d'un e-mail la lettre que voici :

LIETUVOS CENTRINIS VALSTYBĖS ARCHYVAS
LITHUANIAN CENTRAL STATE ARCHIVES

Budgetary agency, O.Milašiaus g. 21, LT-10102 Vilnius. LITHUANIA Tel.:+370 5 247 7830. Fax +370 5 276 5318.
E-mail: lcva@archyvai.lt Data have been accumulated and stored in the Register of Legal Entities, code 190764187

Francois-Henri Désérable	2014-12-08 Nr. R4-1898
fhdeserable@hotmail.com	to 2014-11-30 request

ABOUT MR. PIEKIELNY

We would like to inform you that there is no data in the archives for Mr. Piekielny's dwelling place in Wielka Pohulanka 16, Vilnius (Wilno), where Romain Gary (Roman Kacew) and his mother Mina Kacew also lived, during the period 1921–1925.

Director 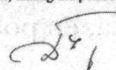 Dalius Žižys

[*À propos de M. Piekielny : Nous aimerions vous informer qu'aucune trace n'a été trouvée dans les archives concernant un M. Piekielny vivant au n° 16 de la rue Grande-Pohulanka, à Vilnius (Wilno), où Romain Gary (Roman Kacew) et sa mère Mina Kacew ont vécu, entre 1921 et 1925.*]

48

Dans la salle du Grand Conseil du *Palazzo Ducale* à Venise, on peut voir les portraits des soixante-seize premiers doges moins celui de Marin Falier dont le visage – longue barbe blanche et nez saillant – a été recouvert d'un voile noir après qu'il fut jugé coupable de haute trahison, décapité dans la cour du palais, et frappé de *damnatio memoriae*, cette condamnation post mortem à l'oubli qui nous vient de la Rome antique et consistait, par des moyens divers et variés, à supprimer rétroactivement toute trace de l'existence d'une personne.

Or je commençais à me demander si Piekielny, bien qu'il ne fût, jusqu'à preuve du contraire, ni doge ni empereur romain, n'avait pas été frappé, lui aussi, de *damnatio memoriae*. Des archives existaient – des hommes avaient risqué leur vie pour qu'elles existent –, mais son nom, lui, semblait n'avoir d'autre existence que dans le livre de Gary, comme si, en dehors de ce livre, derrière chaque coup de crayon il y avait eu un coup de gomme.

L'hiver à Vilnius est bicolore. Le jour se lève à neuf heures, à seize heures la nuit tombe et la ville est plongée dans le noir. Le reste du temps tout est blanc : les toits des maisons, les dômes des églises, les capots des voitures et les sillons qu'elles laissent sur les routes, blanches elles aussi.

La première fois que je m'étais trouvé à Vilnius, c'était au printemps, fortuitement, sous la pluie. La deuxième fois ce fut en hiver, et je m'y trouvai volontairement sous la neige : j'avais décidé de me rendre aux Archives, où je comptais consulter les registres des résidents du n° 16 de la rue Grande-Pohulanka. Après tout, pensais-je, on avait pu se montrer négligent, on avait pu se tromper, et je voulais en avoir le cœur net : il me fallait constater *de visu* l'absence, dans ces registres, d'un certain M. Piekielny.

J'y débarquai sans m'être annoncé un matin de décembre, comme les chasseurs dans la neige dans un Brueghel l'Ancien. Descendu du taxi, ayant rabattu les oreilles de ma chapka, boutonné mon manteau jusqu'au col et fourré mes mains dans des gants, eux-mêmes fourrés dans des poches, elles-mêmes doublement molletonnées, j'étais prêt à braver le vent froid – presque aussi froid que le gros bâtiment assez laid, lecorbusien, purement fonctionnel et post-soviétique érigé au milieu de nulle part, là où jadis se trouvait une forêt que l'on avait rasée au bulldozer, des chênes et des mélèzes, des frênes abattus par centaines, donc, pour stocker du papier.

49

Revenez lundi, me dit-on (d'un ton sec et cassant, presque véhément, et m'eût-on prié d'aller me faire enculer, on ne s'y fût pas pris autrement). On était vendredi, il me fallait impérativement être de retour en France avant dimanche alors d'accord, dis-je, un peu dépité, je reviendrai lundi dans quelques mois. Et si je ne pus, cette fois-ci, consulter les registres, mon séjour à Vilnius ne fut pas infructueux : le lendemain je visitai la vieille ville avec Dalija Epstein, que j'avais contactée parce qu'elle habitait là et qu'elle connaissait bien l'histoire de Gary. Elle était juive – mais non croyante, précisa-t-elle –, née à Vilnius avant la guerre, émigrée en URSS où elle avait résisté au pouvoir en apprenant le français qu'elle parlait parfaitement, comme le russe, l'anglais, le lituanien, le yiddish et le polonais (j'ai aussi quelques notions d'espagnol, me dit-elle, et parce que j'avais l'air un peu con je rétorquai que j'avais quant à moi quelques notions de picard).

Nous étions convenus d'un rendez-vous devant la statue du garçon amoureux, en bas de la rue Jono Basanavičiaus. Il n'avait plus de rose à ses pieds, mais des fleurs, des anthémis un peu fanées qu'un admirateur – une admiratrice ? – avait glissées dans la chaussure qu'il tenait toujours contre son cœur en regardant vers le ciel. Je pris une photo que j'envoyai à Clément par MMS (Tu as remarqué comme la neige, dit-il par SMS, vraisemblablement tombée dru pendant la nuit, lui fait un haut-de-forme ? Attends une heure ou deux, elle va commencer à fondre, et lui faire un chapeau melon).

Je peux commencer, me dit Dalija, par vous montrer l'immeuble où habitaient Roman Kacew et sa mère. L'immeuble, dis-je, je le connais, j'ai passé des heures dans la cour, mais je n'ai jamais su quel appartement... Je n'avais pas fini ma phrase que nous étions déjà en train de remonter la rue Jono Basanavičiaus, elle et moi, côte à côte, et si je réglais mon pas sur le sien il m'arrivait de me laisser emporter par mes jambes de vingt ans (et quelques) et de la devancer légèrement, de sorte que, à hauteur du n° 18, quand la précédant d'un quart de mètre j'allais m'engouffrer sous le porche, j'entendis une petite voix derrière moi murmurer mais voyons, ce n'est pas là. Quoi, dis-je? L'immeuble, précisa-t-elle, ce n'est pas celui-ci.

La plaque commémorative apposée au n° 18 de la rue Jono Basanavičiaus (anciennement n° 16 de la rue Grande-Pohulanka) l'a été de telle façon – à l'extrémité gauche de l'immeuble, juste à côté du n° 16 – que je défie quiconque se trouvant face à elle de ne pas se méprendre. Ainsi, cette cour où j'étais entré la première fois *comme dans un lieu de culte*, où j'avais passé des heures à rêver, laissant ma pensée vagabonder au gré de souvenirs imaginaires, cette cour dans laquelle j'avais conçu mentalement, depuis plusieurs mois, des saynètes où le petit Roman côtoyait Piekielny, cette cour que j'avais en quelque sorte investie d'un caractère presque sacré, cette cour, donc, n'était pas celle de la *Promesse*, non, c'était la cour du n° 16 de la rue Jono Basanavičiaus, anciennement n° 14 de la rue Grande-Pohulanka, c'est-à-dire la cour des voisins.

Où ni Piekielny ni Gary, donc, n'avaient dû mettre les pieds. La cour – *leur* cour – était celle d'à côté, en tout point identique mais dix mètres plus loin : même terrain vague reconverti en parking, mêmes arbres dont j'ignorais les noms, mêmes immeubles aux façades de stuc jaune. C'est ici, dit Dalija en pointant le doigt vers une fenêtre du premier étage, que vivaient Roman Kacew et sa mère.

Et je la regardai, cette fenêtre, mais froidement, cliniquement, sans émotion, loin de cet ébranlement intime que j'avais pu ressentir la première fois que j'avais pénétré dans la cour d'à côté, désormais ancrée dans mon esprit comme étant celle dont Gary avait parlé dans *La Promesse de l'aube*. J'étais là, dans la cour, la *vraie*, devant l'appartement, sous sa fenêtre, et je m'en foutais (je m'en voulais de m'en foutre). Allons-y, dis-je à Dalija qui prit mon indifférence pour un trouble grandissant. Nous franchîmes le porche, puis nous repassâmes devant le n° 16 (où comme d'habitude je fus pris d'un léger frisson), pour descendre vers la vieille ville dont une partie, pendant la guerre, avait été le ghetto.

Et qui avant la guerre, je suppose, dis-je à Dalija, était le quartier juif. Non, corrigea-t-elle, c'est une erreur assez répandue. Et elle m'expliqua que la présence des Juifs à Vilnius remontait au XIVe siècle, qu'au début on ne leur avait assigné que quelques rues bien déterminées de la ville, mais qu'à partir de la fin du XIXe ils étaient libres de s'installer n'importe où. Tenez, dit-elle, prenons l'exemple de cette rue Jono Basanavičiaus où nous sommes : dans les années 20 y habitaient quelques Russes, mais surtout des Polonais *et* des Juifs. Un peu plus haut, au n° 23, se trouvait une école pour garçons où l'on enseignait en yiddish, au n° 18 vivaient les Kacew et peut-être votre Piekielny, juste en face, au n° 17, siégeait le Yiddish Pen Club, ici, au n° 16, habitait l'éminent philologue Max Weinreich, un des fondateurs du YIVO, le plus grand centre d'études des cultures juive et yiddish, plus bas, au n° 5, dans ce qui est aujourd'hui le ministère de la Culture, résidait le célèbre banquier Israël Bunimovich, et au n° 2 se trouvait le domicile du grand rabbin Chaïm Ozer Grodzinski. Alors bien sûr, précisa-t-elle, les Juifs étaient plus ou moins nombreux dans telle ou telle rue, mais il n'y avait pas, à proprement parler, de *quartier juif.*

Mais il y avait eu un ghetto. Il y en a même eu deux, dit Dalija : la rue Vokiečiu, qui s'appelait alors Niemiecka, séparait ce qu'on appelait le Grand ghetto où s'entassaient près de trente mille personnes dans un mouchoir de poche – pour être tout à fait exhaustif, précisa-t-elle, les rues Ligoninės, Rūdninkų, Žemaitijos, Lydos, Šiaulių, Ašmenos, Dysnos et Mėsinių –, du Petit ghetto, où il y en avait un peu plus de dix mille, et qui ne comptait que les rues Stiklių, Gaono, Antokolskio, ainsi que cette rue Žydų où nous sommes maintenant (nous parlions en marchant). *Žydų,* dit Dalija, ça veut dire *Juifs* en lituanien. À l'époque, elle s'appelait *Żydowska,* ce qui veut dire la même chose en polonais. Mais les Juifs l'appelaient *Yidishe gas,* de quoi, j'en conviens, en perdre son latin. Cette rue, telle que vous la voyez aujourd'hui, ne ressemble en rien à ce qu'elle pouvait être à l'époque. Elle a été détruite dans sa quasi-totalité : par les bombardements pendant la guerre, et dans les années 50 par les Soviets. Vous voyez le bâtiment moche en face de vous ? C'est une école. Avant, c'était la Grande Synagogue : elle se trouvait là depuis trois cents ans, et elle pouvait accueillir jusqu'à trois mille fidèles sous d'immenses chandeliers de bronze. Derrière vous, à la place du terrain de jeux pour enfants, se trouvaient des maisons de prière. Et juste à côté, sur votre droite, celle du Gaon de Vilna, l'un des plus grands talmudistes de l'Histoire. Il est mort en 1797, et il reposait à Šnipiškės, le vieux cimetière juif rasé à coups de faucille et de marteau. Qu'on se rassure : les pierres tombales ont été réemployées pour le pavage des rues.

Vous plaisantez, dis-je, n'est-ce pas que vous plaisantez ? Venez, dit Dalija, vous allez voir si je plaisante, et trois cents mètres plus loin nous étions en train de gravir une volée de marches quand elle me dit attention, vous venez de piétiner une tombe. Comment ça, dis-je, quelle tombe ? Regardez, dit-elle en pointant du doigt la pierre sous mes pieds. Alors je fis un pas de côté, m'agenouillai, grattai la neige, et je vis, à demi effacé, poli par des milliers de pas, gravé en yiddish sur ce qui avait été une pierre tombale qu'on avait détournée de son usage primitif, un nom que je ne pus déchiffrer, celui d'un homme ou d'une femme que des centaines de personnes, chaque jour, profanaient inconsciemment.

Mon Dieu, dis-je.

Mon quoi ? Les nazis ont détruit le peuple juif, et les Soviets le patrimoine. Résultat, dit Dalija, il ne reste plus rien.

Cette dernière phrase, elle allait continuer à m'en donner des exemples concrets : dans telle rue (Gaono), une synagogue était devenue l'ambassade d'Autriche, dans telle autre (Vivulskio), se trouvait jadis le YIVO, dans une troisième (Subačiaus), on regroupait les Juifs pour les emmener dans la forêt de Ponar, où on les alignait au bord d'une fosse.

Et parce qu'une ville n'est pas seulement ce qui se révèle au regard mais aussi ce qui s'y dérobe, nous ne restions pas sur les trottoirs à contempler les façades : passant sous les porches, poussant les portes, nous enfonçant dans les arrière-cours, nous pénétrions l'inconscient de Vilnius, à la recherche de tout ce que le temps avait pu refouler, enfouir, et qui peut-être, espérais-je, allait finir par affleurer de nouveau.

N'y comptez pas, dit Dalija. Il n'y a plus rien. Si, ajouta-t-elle, une chose. Elle consulta sa montre, secoua la tête : malheureusement je vais devoir vous laisser, mais il y a un endroit que j'ai oublié de vous montrer. Vous voulez voir tout ce qu'il reste du monde juif d'avant-guerre ? Allez donc rue Žemaitijos, dit-elle mystérieusement, sans plus de précision, et levez la tête. Bien, dis-je, puis je la saluai, et nous nous quittâmes là où nous nous étions retrouvés deux heures plus tôt, devant la statue de l'enfant amoureux (un béret).

50

Je commençais à comprendre qu'il n'y avait pas seulement le temps, mais aussi l'espace qui jouait contre moi. La *Jérusalem de Lituanie* avait été à sa façon ensevelie sous les cendres, mais elle avait eu la guerre pour Vésuve, et comme nuées ardentes l'Allemagne nazie puis l'Union soviétique. Et si l'on voulait connaître son apparence – ou tout au moins s'en faire une idée – avant l'éruption de l'été 1941, on était réduit à la reconstituer mentalement, comme ces temples romains dans Pompéi dont on ne peut qu'imaginer la splendeur, recomposant en esprit architraves, frises et corniches à partir des vestiges de quelques colonnes amputées des deux tiers.

Nulle colonne à Vilnius mais parfois, ici et là, les traces du passé juif de la ville. Dalija m'avait dit d'aller rue Žemaitijos et de lever la tête, ce que je fis aussitôt. C'était une petite rue qui pendant la guerre avait fait partie du Grand ghetto – elle s'appelait alors rue Straszuna –, et qui, contrairement à nombre d'autres rues, n'avait pas beaucoup changé depuis : la plupart des maisons étaient les mêmes, certaines habitées, d'autres laissées à l'abandon, et la voie, pavée, n'avait jamais été goudronnée. Dans cette rue, le 1er septembre 1943, un groupe de partisans s'était rebellé, érigeant une barricade et tirant sur les nazis qui, ayant répliqué à l'explosif, avaient détruit l'immeuble et tué la plupart des insurgés.

Dalija m'avait dit de lever la tête, selon ses propres mots pour voir *ce qu'il restait du monde juif d'avant-guerre*. Au tout début de la rue se trouvait une cour qui servait de parking, là où jadis se dressait un immeuble que les Soviets avaient détruit. De cet immeuble ne subsistait qu'un pan de mur, et sur ce mur, au niveau du deuxième étage, au niveau, donc, de ce qui avait dû être une maison de prière, était gravée, dans la pierre, une étoile de David. Ainsi, dans le ghetto, pendant que les nazis donnaient raison à la vieille idée nietzschéenne du *Gott ist tot*, persécutant les Juifs et les privant du droit de vivre dans la dignité puis du droit de vivre tout court, des hommes, des femmes et des enfants parmi lesquels, peut-être, se trouvait un certain M. Piekielny, s'étaient retrouvés face à ce mur, et ils avaient prié.

Je restai là, interdit, ému aux larmes, et je finis par

remonter la rue. Un peu plus loin, aux n°s 7 et 9, apparaissaient, sur les façades, des inscriptions en yiddish. C'étaient les enseignes de ce qui avait dû être, avant la guerre, des commerces juifs, et qu'après la guerre on avait recouvertes de peinture, comme si les murs étaient des palimpsestes sur lesquels on pouvait effacer une histoire pour la réécrire à sa guise – mais la peinture au fil du temps et des intempéries avait fini par s'écailler, dévoilant le passé de Vilnius et lui rappelant qu'elle était encore, il n'y avait pas si longtemps, la *Jérusalem de Lituanie*.

Au n° 9 de la rue Žemaitijos, à Vilnius.

51

Rue Žemaitijos, face au porche du n° 9, je repensai à une histoire que m'avait racontée mon grand-père paternel, et qui me semblait alors être le pendant négatif de ces inscriptions en yiddish réapparues à la faveur de la pluie.

Mon grand-père était né en 1914 – la même année que Gary –, ce qui veut dire qu'en 1940, comme Gary, il était mûr pour aller se faire tuer. Il ne se fit pas tuer, mais il fut blessé, capturé, et envoyé dans un Oflag en Westphalie, pas très loin du château de Thunder-ten-tronckh, mais pas non plus de quoi être optimiste. Après l'Armistice il remisa son uniforme, fut admis au Val-de-Grâce, y resta près d'un an, puis il fit son retour à Amiens où il reprit la quincaillerie de son père (elle existait depuis l'année de sa naissance et elle existe encore aujourd'hui, dirigée par mon oncle), rencontra ma grand-mère, l'épousa, lui fit six enfants, se tut. Il ne parlait *jamais* de la guerre : elle lui avait coûté l'œil droit (il lui restait le gauche), le genou gauche (il lui restait le droit) et surtout sa jeunesse (et cela, vois-tu, disait-il, après trois années passées sous le drapeau puis cinq autres sous les verrous, il ne m'en restait rien).

De lui, je n'ai que quelques souvenirs qui n'ont pourtant rien de bien mémorable, mais qui manifestement le furent dans l'esprit d'un enfant (la pression, par exemple, qu'il exerçait sur ma main quand nous traversions un passage clouté), sa collection de timbres qui est aussi, de l'autre côté, une collection de salive, sa carte d'étudiant en droit et un livre, un seul, un exemplaire des *Contes de la bécasse* édité à Vienne, jauni, tacheté, corné, et sur la première page duquel, en guise d'*ex-libris*, il a laissé cette annotation : «Lu en captivité». De nos conversations je ne me rappelle rien, ou si peu. Je sais pourtant qu'il y en eut; je ne sais pas ce qu'elles furent; je sais qu'elles ne furent pas sur la guerre. Un jour cependant où je lui parlais de l'Allemagne, il me dit qu'il y était retourné, une seule fois, «pour affaires», dans une petite ville dont il n'est plus là pour me rappeler le nom.

Descendu dans une auberge il avait demandé une chambre (*ein Zimmer, bitte*) avec vue sur la rivière. Les jours précédents, lui avait expliqué l'aubergiste, un brave type qui s'était montré amical et serviable avec lui, il avait plu sans arrêt, la rivière était sortie de son lit, un demi-mètre d'eau, avait grommelé l'aubergiste (*Scheiße*), jusque dans la cave qu'il avait fallu écoper, et depuis on attendait la décrue. Le premier jour, le niveau de l'eau avait commencé à baisser; le deuxième jour, il était de retour à la normale; le troisième jour, il avait continué à diminuer anormalement, d'heure en heure, de façon progressive, laissant émerger un képi de bronze (*was ist das ?*). Les jours suivants, la rivière étant asséchée on avait eu la réponse : c'était une statue, qu'on avait dû déboulonner après la guerre pour la jeter sans ménagement au fond de l'eau. La tête était abîmée, envasée, connue de tous quoique méconnaissable, et le bras droit tendu, comme si elle saluait les badauds qui se pressaient sur les berges. La nuit tomba, les badauds rentrèrent, la statue resta. J'étais dans ma chambre, me dit mon grand-père, à la fenêtre, quand l'aubergiste sortit sur le pas de sa porte. Il regarda à droite, puis à gauche, il n'y avait personne, et je le vis, mon aubergiste, je le vis tendre le bras furtivement et, l'air de rien, saluer son Führer.

Tu peux enfouir le passé, me dit mon grand-père, tu ne l'empêcheras pas de ressurgir.

52

Est-ce que Piekielny, lui aussi, allait finir par ressurgir ?
Il ne tenait qu'à moi de draguer les eaux du Léthé.

Quelques mois plus tard je retournai à Vilnius, avec cette fois-ci l'autorisation de consulter les archives. Dans la bibliothèque, sur une table, m'attendaient une paire de gants blancs et deux chemises cartonnées. Dans la première se trouvait le « *Ksiega Meldunkowa mieszkańców domu n° 16 W. Pohulanka*» (Livre d'enregistrement des résidents du n° 16, de la rue Grande-Pohulanka) de l'année 1921, et dans la deuxième celui de l'année 1925.

En tout, une soixantaine de pages écrites en polonais : il y avait un peu moins de trois cents habitants dans l'immeuble, dont les deux tiers, ainsi que l'attestait la mention « *Zyd* » (abréviation de « *Zydowski* »), étaient juifs, les autres étant pour la plupart polonais (« *Pol* », pour « *Polski* »). Outre l'origine, les registres indiquaient, pour chaque habitant, le nom et le prénom, le nom des parents, le numéro de l'appartement, la date et le lieu de naissance, la situation conjugale, la confession, les sources de revenus, le lieu de la résidence précédente, etc., le tout étant reporté le plus souvent à l'encre noire et plus rarement violette, fantaisie détonnant avec la sobriété de l'ensemble. Sur le dix-septième feuillet (encre noire), je trouvai le nom de Mina Kacew et celui de son fils Roman, ce qui après tout n'avait rien de bien surprenant – ils avaient vécu au n° 16 de la rue Grande-Pohulanka, c'était incontestable, des témoignages existaient qui faisaient foi, et il n'y avait, par conséquent, aucune raison que leurs noms ne se fussent pas trouvés dans les registres –, et pourtant je fus troublé de les voir là, ces noms, ému de les lire en toutes lettres, contemplant longuement ce *K* dont les deux diagonales équidistantes se rejoignaient au même niveau sur le fût pour former une petite boucle replète, ce *a* légèrement incliné vers la gauche dans une sorte d'italique inversé, ce *c* qui ressemblait à un *e*, ce *e* parfaitement conforme aux canons traditionnels et ce *w* qui l'était si peu, simple ligature de deux *v* dont l'un semblait retenir l'autre qui cherchait à prendre la fuite, oui, je dois confesser qu'elles m'émurent, ces lettres qui se suivant, s'entrecroisant, se mêlant l'une à l'autre formaient le nom de Kacew, et repensant aujourd'hui à l'émoi qui fut mien ce jour-là, je crois pouvoir dire qu'il résultait de ce que j'avais pour la première fois sous les yeux la preuve irrésistible, irréfragable, irréfutable de la présence, pendant quelques années au n° 16 de la rue Grande-Pohulanka, à Wilno, d'un petit garçon qui devait devenir un grand écrivain.

Outre le nom de Kacew, je cherchai un autre nom, celui-là commençant par les lettres *P-i-e* et, un instant, je crus bien l'avoir trouvé, ce nom, je crus bien être tombé sur Piekielny mais non, ce n'était pas lui, un *t* suivait les trois premières lettres, comme dans Pietkiewicz, Helena (« *Zyd*»), née en 1898 à Wilno, ce qui voulait dire qu'elle avait connu le petit Roman quand elle était une jeune fille et qu'il n'était qu'un enfant, ce qui voulait dire aussi qu'elle l'avait sûrement croisé dans la cour, venteuse en automne quand les ombres rallongent et se roulent dans un tapis de feuilles mortes, enneigée l'hiver ou peut-être plus tard, à la saison des premiers embrasements, quand la neige a fondu goutte à goutte sur les lèvres fiévreuses, à moins que ce ne fût dans la langueur de l'été, la nuit, sous les étoiles infinies quand les lèvres, avides et tremblantes, sont d'une infinie curiosité, ce qui voulait dire enfin qu'elle avait dû connaître aussi la balle dans la nuque au bord d'une fosse, ou les fabriques à nuages dans les plaines à betteraves et barbelés de Pologne, ou les bûchers de Klooga, Helena Pietkiewicz dont il ne reste peut-être qu'un nom sur un registre jauni, un pauvre nom qui fut crié, chuchoté, murmuré, dit des milliers de fois de mille façons et ne veut plus rien dire à personne – et que j'écris comme on lance une bouteille à la mer.

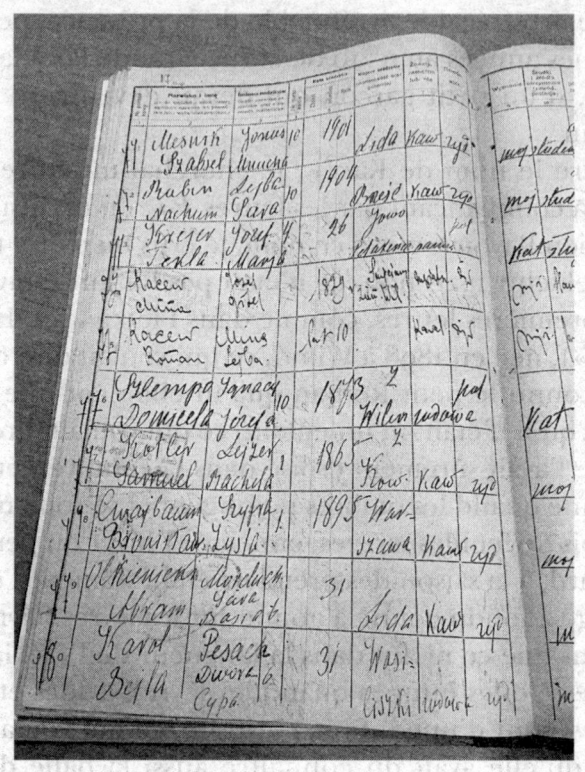

Registre des résidents du n° 16 de la rue Grande-Pohulanka (sur la quatrième ligne en partant du haut, le nom de Mina Kacew. Juste en dessous, celui de son fils Roman).

53

Il n'y avait donc pas de Piekielny dans les registres des résidents du n° 16 de la rue Grande-Pohulanka entre 1921 et 1925. Fallait-il en déduire qu'il n'y avait jamais habité, ou peut-être même qu'il n'avait pas existé ? Pas d'emblée, en tout cas. Les registres avaient parlé ; ils n'avaient pas tout dit. Le peuvent-ils seulement ? Les hommes emménagent dans un lieu, déménagent, font des enfants, se marient, divorcent, se remarient, changent de métier, parfois même d'identité, prennent des photos puis les égarent ou les brûlent, en même temps que les lettres, les papiers. Ils écrivent leur vie, puis c'est la vie elle-même qui se charge de tout effacer.

J'écris ces lignes à Paris, au 56, rue de la Fontaine-au-Roi, dans un appartement minuscule que je sous-loue à l'ami d'un ami qui le sous-louait à un autre ami avant moi. Seule une poignée de main a scellé notre engagement. Aucun bout de papier n'atteste ma présence entre ces murs aujourd'hui. Le bail, les factures, la boîte aux lettres ne sont pas à mon nom. Si dans cent ans – à supposer que l'appartement existe encore – il prenait à quelqu'un l'envie de chercher l'identité de celui qui résidait là un siècle plus tôt, on n'y trouverait aucune trace d'un quelconque Désérable. Faudrait-il en déduire que je n'ai jamais existé ?

54

Et si ce nom de Piekielny on ne le trouvait nulle part, nulle part ailleurs que dans les pages de la *Promesse*? S'il n'y avait pour archives que ce chapitre VII, ces trois pages – les trois seules – où le nom de la souris apparaît? Et si, avant qu'il ne fût écrit noir sur blanc dans un livre, ce nom n'avait laissé d'autres traces, imperceptibles, évanescentes et furtives, que celles de son passage dans l'esprit des grands de ce monde?

Car ce nom méconnu de tous, connu seulement des lecteurs de la *Promesse*, fut, en compagnie de quelques noms plus illustres, dans d'illustres esprits. La première fois, l'une des premières fois, c'était à la fin de la guerre en Angleterre, sur le terrain de Hartford Bridge. Sa Majesté la reine Elizabeth passait en revue l'escadrille du lieutenant Gary de Kacew : «La reine, écrit Gary dans la *Promesse*, s'arrêta devant moi et, avec ce bon sourire qui l'avait rendue si justement populaire, me demanda de quelle région de la France j'étais originaire. Je répondis, avec tact, "de Nice", afin de ne pas compliquer les choses pour Sa Gracieuse Majesté. Et puis… Ce fut plus fort que moi. Je crus presque voir le petit homme s'agiter et gesticuler, frapper du pied et s'arracher les poils de sa barbiche, essayant de se rappeler à mon attention. Je tentai de me retenir, mais les mots montèrent tout seuls à mes lèvres et, décidé à réaliser le rêve fou d'une souris, j'annonçai à la reine, à haute et intelligible voix : — Au n° 16 de la rue

Grande-Pohulanka, à Wilno, habitait un certain M. Piekielny… »

Voilà comment le nom si peu retentissant de Piekielny retentit dans l'esprit d'une reine où se mêlaient d'autres noms, Churchill, Shakespeare, Cromwell, Disraeli, Victoria, aussi retentissants ceux-là que le carillon de Big Ben dans la nuit, et on ne sait si ce nom l'agaça comme l'agaçait parfois celui de Churchill, l'éblouit comme à coup sûr l'éblouissait celui de Shakespeare ou la fit frémir comme sans doute pouvait le faire celui de Cromwell, on ignore s'il l'intrigua ou la troubla, s'il la laissa indifférente, mais on peut supposer qu'il fut là, ne serait-ce qu'un instant, en illustre compagnie dans l'esprit d'une reine, comme il fut aussi un peu plus tard, un peu plus tôt, on ne sait, dans celui d'un homme qui pour Gary était la France, et que Gary par conséquent aimait comme un roi.

55

Quand, et en quelle occasion, le nom de Piekielny fut-il entendu pour la première fois par de Gaulle ? Quand fut-il prononcé pour la première fois devant lui par Gary ?

Ce ne fut pas la première fois qu'ils se virent, à Londres, juste avant le Blitz, quand les Fritz allaient plonger la ville dans la nuit. Ce ne fut donc pas à St Stephen's

House, face à la Tamise, ni sur l'autre rive un mois plus tard, à Carlton Gardens, tout près de St James's Park. Gary venant de Gibraltar voulait en découdre sur-le-champ, au-dessus des nuages, où Messerschmitt et Spitfire dansaient une valse. Pas question, pensait le Général : un Français devait mourir *pour la France*, drapé de bleu, de blanc et de rouge, dans une escadrille aux couleurs de la République, fût-elle provisoirement enterrée à Vichy. En attendant il se mourait d'ennui, Gary, s'emmerdait en compagnie d'autres jeunes hommes venus d'outre-Manche, comme lui rêvant du ciel et comme lui rivés au sol, frères d'armes temporairement désarmés. Certains avaient déguerpi après l'Appel, d'autres l'avaient même devancé, tous avaient emporté un peu de la France avec eux, et ce faisant ils faisaient son honneur, et dorénavant ils ne demandaient qu'une chose, une petite chose si simple et qui pourtant leur était refusée : qu'on les laissât se faire tuer, ici et maintenant, dans le ciel anglais – si possible après avoir tué des Allemands, et si possible en grande quantité. Gary fut dépêché pour plaider leur cause, au garde-à-vous devant de Gaulle. Vous voulez partir vous battre ? avait demandé, sèchement, le Général. Eh bien, partez. Et surtout, avait-il ajouté, n'oubliez pas de vous faire tuer. Alors Gary, poli, avait salué le Général et puis, penaud, il avait tourné les talons. Il s'apprêtait à sortir, il avait déjà la main sur la poignée de la porte, et d'ailleurs, avait lancé le Général qui refusait qu'un Français volât de ses propres ailes, c'est-à-dire sous cocarde étrangère, d'ailleurs n'ayez crainte, il ne vous arrivera rien : il n'y a que les meilleurs qui se font tuer.

Ce ne fut donc pas là que fut évoqué devant de Gaulle le souvenir de la gentille souris de Wilno. Ce ne fut pas non plus quand ils se revirent à Bangui, dans l'Oubangui-Chari, en 1941. La guerre alors était loin d'être gagnée : à Pearl Harbor on buvait des cocktails, insouciant, en chemise à fleurs et en chapeau de paille. Gary se trouvait loin du Pacifique, et bien qu'il eût volontiers arboré une chemise à fleurs et coiffé un chapeau de paille il était avec son escadrille au beau milieu de l'Afrique, en casque colonial et en kaki. Arriva le Général, en tenue blanche et képi, pas vraiment pour leur servir des cocktails : le chef de la France libre était là en tournée d'inspection. On voulut le divertir ; un spectacle « gai et léger, pétillant d'esprit et de bonne humeur » fut écrit par Gary qui de surcroît s'improvisa comédien. La générale, en l'absence du grand Charles, fut un véritable triomphe ; la première, en sa présence, un « désastre complet ».

Ce fut peut-être fin 44 quand la guerre était gagnée, dans Londres éventrée, meurtrie mais debout, pour la sortie en anglais du premier roman de Gary. Ce fut plus simplement beaucoup plus tard, un soir de 1960 à l'Élysée avec Yvonne, ou un dimanche à la Boisserie, quand le Général qui n'était plus en treillis lut la *Promesse*. Ce fut encore en 1956, pendant la traversée du désert, quand l'un, rassasié de gloire, s'était retiré de la vie publique et que l'autre, qui en était assoiffé, y fit une entrée fracassante. J'aimerais pour ma part que ce fût beaucoup plus tôt, sous l'Arc de triomphe, le 14 juillet 1945. Je ne sais si ce jour-là les képis ombrageaient les visages ou les protégeaient de la pluie, si les visières miroitaient au soleil ou si des gouttes y roulaient; j'ignore combien ils étaient, ces «derniers portemanteaux sur lesquels on pouvait accrocher des décorations», et moi qui de ma vie n'ai jamais été trempé par le feu, qui en dehors d'un match de hockey n'ai jamais eu à me battre, je me demande en vain ce qu'ils pouvaient ressentir, orgueil d'être là ou honte, peut-être, de ne pas être là-haut, d'y avoir été comme les autres, mais de ne pas y être restés. Et puis je regarde Romain.

Est-ce qu'il pense à ceux qui dorment, sa mère sous des fleurs, ses frères sous le drapeau? Est-ce qu'en cet instant il se souvient d'eux, ces jeunes hommes éternels, éternellement fauchés en plein vol? Est-ce qu'une fois encore il se rappelle leurs noms, funestement se les récite accolés à ceux des avions, des lieux où ces avions s'abîmèrent? Est-ce qu'il revoit leurs visages juvéniles comme il voit maintenant celui, grave et austère, du Général? De Gaulle en tenue d'apparat, képi étoilé, rubans verts à la main peu à peu se rapproche; derrière lui s'éloignent les Champs-Élysées déjà décorés, ceux-là seulement leurs rubans verts s'appellent platanes ou marronniers, pas croix de la Libération; d'un bouclier de bronze, sur la dalle sacrée, jaillit la flamme du soldat inconnu. Gary pense à cet autre inconnu qui n'était pas soldat, qui sans doute ne l'a jamais été, et qui comme un soldat a péri de la guerre : nulle flamme aujourd'hui ne brûle en sa mémoire. Il le revoit, le petit homme discret, effacé, à la barbiche roussie par le tabac, et cependant que le grand homme à la fine moustache épingle le ruban de la Libération sur sa poitrine, Gary la tête haute et les bras le long du corps, Gary, décidément c'est plus fort que lui, ne peut s'empêcher de dire qu'au n° 16 de la rue Grande-Pohulanka, à Wilno, mon Général, habitait un certain M. Piekielny. Alors de Gaulle, interloqué mais nullement désarçonné, lève la main paume ouverte à la visière de son képi, et je veux croire que la souris de Wilno de là où elle est n'en revient pas, se met au garde-à-vous et, avec deux doigts seulement, à la polonaise, par le truchement de Gary salue le Général.

56

Ce petit bout de tissu vert, Gary ne l'avait pas volé. C'est qu'il avait volé, Gary : sur Potez 540 à Bordeaux-Mérignac, où il reçut des shrapnels dans la jambe ; sur Potez 63 jusqu'à Meknès, les réservoirs à vide ; sur Blenheim à Kano, au Nigéria, où il finit sa course contre un arbre ; sur Blenheim encore au nord de Lagos, où il la finit dans la brousse ; sur Luciole au Congo belge, où ce fut un éléphant qui la finit ; de nouveau sur Blenheim en Centrafrique qui s'appelait Oubangui-Chari ; sur je ne sais quel appareil, Hurricane ou Morane, en Abyssinie où Arthur Rimbaud, négociant, a si peu écrit, un rapport et des lettres, des légendes sur des portraits en pied de lui-même, et où lui, Romain Gary, passait ses nuits à écrire ; sur Boston enfin où en dépit des efforts déployés il a failli y passer.

Pas dans le Massachusetts mais dans le ciel français, le

25 janvier 1944. Ce jour-là son Boston – un bombardier léger quadriplace – avec à son bord neuf cents kilos de bombes ainsi que René Bauden, mitrailleur, Arnaud Langer, pilote, et lui-même, Romain Gary, navigateur-bombardier, décolle de Hartford Bridge dans le Hampshire pour se délester sur les rampes de lancement ennemies de l'autre côté de la Manche. On passe au-dessus des prairies, des vallons puis des vagues, et voilà qu'à l'horizon se profile un peu de blanc dans la nuit : la Côte d'Albâtre, les falaises qu'on aborde à tâtons, l'œil aux aguets, la peur au ventre et dans le ventre la tasse de thé avalée au mess avant de prendre son envol, puis de survoler la Normandie en rase-mottes pour échapper aux radars – mais pas aux salutations de la Flak. Les canons antiaériens crachent des obus de 88 à raison de vingt coups la minute et l'un d'eux, inévitablement, finit sa course de mille mètres par seconde dans la carlingue du Boston, ce qui, inévitablement, n'est pas sans faire quelques dégâts : le plexiglas du cockpit a volé en éclats, rien de fâcheux s'ils n'étaient venus clouer les paupières du pilote, rien d'alarmant si Gary, blessé lui aussi, pouvait prendre les commandes à sa place, or une plaque de blindage le sépare de Langer qui les tient, rien de grave au regard du toit coulissant qui refuse de s'ouvrir, ce qui veut dire qu'on ne pourra pas sauter en parachute – et ce qui pour le coup est assez embêtant, puisqu'on va s'écraser d'ici peu.

Quitte à mourir, pense-t-on, autant faire le boulot jusqu'au bout. Continuer vers l'objectif en guidant le pilote à la voix, remplir la mission, et après on verra. Ce que l'on fait aussitôt, ouvrant la trappe, larguant les bombes, détruisant l'objectif, et maintenant voyons : nous avons donc un avion troué de balles, dont l'un des deux moteurs a lâché, piloté à l'aveugle et guidé par un type qui se vide peu à peu de son sang. Ajoutons que Bauden a envie de pisser.

57

— Allez savoir comment, ces cons-là ont réussi à s'en tirer.

C'est ce que dit, peu ou prou, le docteur Bercault au colonel Henry de Rancourt. Et puis il ajoute :

– On les a retrouvés inanimés, dans ce qui restait du Boston, leur casque posé entre les jambes. Pour protéger, enfin, vous voyez…

— Voilà, dit Rancourt, ce qu'on appelle «le sens des priorités».

Sur quoi il considère les blessés, allongés sur un lit de camp, bandés de partout, pas très sains mais bien saufs.

— Comment vont-ils ?

— Gary a été touché à l'abdomen, rien de vital. Le nerf optique de Langer est intact, il va recouvrer la vue. On peut dire, conclut Bercault, qu'ils s'en tirent à bon compte.

Tout le monde est soulagé.

Bauden aussi.

58

L'exploit bien sûr n'est pas passé inaperçu. D'abord, l'*Evening Standard* a parlé des trois miraculés dans ses colonnes, et puis c'est la BBC qui les a invités à raconter leur épopée, et puis un jour que Gary est au mess, on lui apporte un télégramme, de Carlton Gardens, lui dit le planton avec une déférence inhabituelle, faites voir, dit Gary avec un empressement dont il est peu coutumier. Alors il se saisit du télégramme et le balaye du regard : « Le gouvernement provisoire de la République française », blablabla, « vu l'ordonnance », blablabla, « croix de la Libération », et là-dessous il y a son nom de guerre, Romain Gary, précédé de son grade, lieutenant, et tout en bas la signature : Charles de Gaulle.

59

Pour Gary la guerre est finie – ou si ce n'est la guerre du moins les combats. On lui accorde une perm, qu'il passe à Londres où l'on commence à se dire que ça y est, *this bloody war* on en voit le début de la fin. Finis, les matins à longer les murs des immeubles rasés par les bombes des

Allemands; finis, les décombres fumants et les rues jonchées de débris; finies, les sirènes hurlant dans la nuit et les nuits passées dix mètres sous terre. La ville menace ruine mais la vie va reprendre, ouf, on s'en est sorti sain et sauf. Sauf que bientôt c'est reparti comme en 40, quand la Luftwaffe faisait des siennes dans le ciel londonien.

Le chaos cette fois-ci ne vient plus des Messerschmitt, mais des missiles allemands, V1, V2, *dii ex machina* du moustachu exalté, qui tombent en giboulées d'avril sous les auspices de Mars et les rires de Berlin – riront bien qui riront les derniers, pensent les Londoniens bien que Londres, en ce temps-là, n'eût vraiment rien d'amusant.

60

— Ça vous amuse, Gary?

— Beaucoup. Pas vous?

Ce *vous*, imperceptible en anglais, s'adresse à l'officier britannique du MI5 que visiblement, non, ça n'a pas l'air d'amuser.

— L'affaire est grave. Très grave. Vous en avez conscience?

La scène a lieu dans un endroit tenu secret, une pièce humide, en sous-sol, avec pour tout mobilier un bureau, deux chaises, un miroir sans tain, et pour seul éclairage une lampe braquée sur le visage du Français pour le moment pas si libre.

— Pas vraiment, non.

— Reprenons. Nous avons donc intercepté un courrier qui vous est personnellement adressé, sur lequel une main anonyme a écrit : « Inutile de venir : les Américains vont débarquer. » Vous voyez le nom sur l'enveloppe ?

— Oui.

— Vous confirmez en être le destinataire ?

— Je confirme.

— Et vous confirmez qu'il s'agit là d'une correspondance codée ?

— Tout à fait.

— Vous savez comment on appelle cela, en temps de guerre ? De la haute trahison.

— De la haute trahison !

— Parfaitement. Et vous savez ce qui attend les coupables de haute trahison ?

— Pas la moindre idée.

— La cour martiale.

— La cour martiale !

— Oui, et le peloton d'exécution.

— Le peloton d'exécution ! Pour si peu !

— Comment ça pour si peu ! Quelqu'un vous informe des mouvements de troupes – nous savons tous deux qu'un débarquement est imminent –, vous donne des instructions – ce mystérieux « inutile de venir » – et vous croyez vous en tirer ? Pour qui travaillez-vous, Gary ? Les Fritz ? Les Soviets ? Vichy ?

— Je travaille pour moi-même, ou du moins pour une jeune fille, vous devriez la voir, une brune aux yeux verts que je devais retrouver secrètement dans trois jours. Nous avons nos habitudes dans un petit hôtel à deux pas d'ici. Or elle est, comment dire, indisposée. «Les Américains vont débarquer», c'est un code, en effet. Elle aurait dû écrire «l'Armée rouge est en marche», vous auriez peut-être compris.

— Vous vous foutez de ma gueule, Gary?

— Absolument pas. Tenez, voici son nom et son adresse. Vous pouvez vérifier.

Vérification faite, Gary est relâché.

61

Gary, on le voit, ne faisait pas que la guerre. Qu'est-ce que c'est, d'ailleurs, que la guerre? Le massacre de gens qui ne se connaissent pas, disait Paul Valéry, au profit de gens qui se connaissent mais ne se massacrent pas. Un amplificateur d'héroïsme et de bassesse. La meilleure part des hommes, et la pire. La fureur de vivre décuplée par l'imminence de la mort. Et aussi, pour les Français de Londres, un salon mondain sous les bombes.

Emboîtons-lui le pas, à ce jeune homme en battle-dress, sorti guilleret de son entrevue matinale, qui a marché d'un pas alerte vers le QG des FFL où, a-t-il lancé en arrivant, j'en ai une bonne à raconter. Et il leur a dit comment des hommes du contre-espionnage sont venus le quérir chez lui de bon matin, comment ils l'ont cuisiné pendant deux heures (en vérité vingt minutes, mais quoi, on peut bien romancer), l'interrogeant sans relâche (deux fois), menaçant même de le passer à tabac (tu parles), certains qu'ils étaient d'avoir confondu un espion, et la gueule qu'ils faisaient, z'auriez dû voir, quand ils ont pris conscience qu'ils s'étaient fourvoyés. Les compagnons ont ri de bon cœur, lui ont donné des petites tapes amicales dans le dos, sacré Gary, et Gary! a tonné une voix dans le brouhaha qui s'est dissipé immédiatement. Le Général. Venez là, a continué de Gaulle à travers la porte entrouverte. Puis : alors, lieutenant, on passe du bon temps dans les bras des Anglaises? C'est que, mon général, a dit Gary, j'ai toujours considéré qu'il était de mon devoir de défendre l'honneur de la France, à l'arrière comme au front. De Gaulle a esquissé un sourire – réprimé dans l'instant : gardez vos forces, la guerre est gagnée mais elle n'est pas finie. Repos.

Gary sortant du bureau du patron a croisé Mendès France, qui lui a demandé où était Aron, puis Aron, qui lui a demandé où en était son roman. Et puis il a filé au Dorchester – où il s'est enfilé trois sandwiches au concombre –, avant de retrouver une amie dans une chambre d'hôtel – où il a défendu l'honneur de la France –, et il a fini par se rendre, à la nuit tombée, au Petit Club français de St James's, un sous-sol enfumé, blanchi à la chaux, que j'imagine comme ma taverne à Vilnius – moins la serveuse au chemisier blanc largement échancré –, avec aux murs un drapeau tricolore, un portrait du Général et des photos en noir et blanc de Paris.

En entrant là-dedans il est tombé sur Druon en bras de chemise au bras d'une Anglaise. Sous l'enseigne à fleur de lys ils ont échangé quelques mots, avant de prendre congé l'un de l'autre avec des salamalecs de vieux compagnons, et Gary a salué la taulière, une vieille fille francophile à chignon et lunettes à double foyer, après quoi il s'est assis tout près des cuisines, et il a commandé un œuf dur et du bœuf bourguignon qu'il attend depuis déjà dix minutes. Partout autour de lui, ça joue : la comédie (avec les filles), l'indifférence (à l'égard des missiles), de malchance (aux cartes), de vieux disques éraillés (un gramophone), et entre deux chansons françaises et deux hommes que nous croyons connaître s'amorce, en français, une conversation que nous ne connaissons pas mais qui peut-être ressemblait à ceci :

— Tu es occupé ?

— Pas plus que la France.

— Préoccupé ?

— Comme toujours.

— Par quoi ?

— La guerre, les filles et les Lettres. Et toi ?

— Les Lettres, les filles et la guerre.

Qui, des deux hommes, a parlé en premier ? Celui né d'une mère juive et d'un père russe, élevé en Russie, élève à Nice, aviateur, résistant, écrivain, ou l'autre, né d'une mère juive et d'un père russe, élevé en Russie, élève à Nice, aviateur, résistant, aspirant écrivain ? Le plus jeune, qui devra sa gloire aux éléphants, ou le plus vieux, qui fera fortune avec *Le Lion* ?

Le plus vieux du reste n'est pas si vieux : il a quarante-six ans, et il a fait deux trois choses qui méritent d'être notées. Il a fait la guerre, la Grande, dans l'artillerie puis l'aviation, *la cavalerie de l'azur, de la tempête et des nuages*; il en a fait un livre, qu'il a appelé *L'Équipage*; il a fait le tour du monde à vingt ans, et puis la guerre est revenue, et il a vu *le vol noir des corbeaux sur nos plaines*; alors il a fui les corbeaux, vers Londres où dans un pub, sur un coin de table, avec son neveu en bras de chemise et en deux coups de cuillère à pot il a composé le viatique de l'armée des ombres, les vrais Français, ceux des caves et des maquis, pas ceux qui paradent en plein jour en brassards et bérets; et puis de nouveau il est monté au ciel, à la guerre comme à la guerre, où sur B-25 Mitchell il a connu les raids au-dessus de la France occupée. Et tout cela bien sûr, les Lettres et le ciel, les feux de la rampe et l'épreuve du feu, tout cela mis bout à bout vaut à Kessel l'admiration de Gary qui reconnaît en lui un double autant qu'un grand frère, un mentor, un compagnon, un ami – un type, en somme, avec qui on partage ses joies et ses peines, son œuf dur et son bœuf bourguignon, qui vous offre un verre puis un autre et finit par vous dire, alors qu'elle est déjà bien avancée, la nuit est encore jeune, vieux, allons danser.

62

Et si la postérité, me dit Clément à qui je viens de lire ce passage, non seulement nous rendait immortels, mais de surcroît faisait que nous fussions les seuls à avoir existé? Gary sort du bureau du Général, et sur qui tombe-t-il? Pierre Mendès France et Raymond Aron. Il entre dans une taverne, et qui en sort au même moment ? Maurice Druon. Il s'y attable, et qui vient lui parler ? Joseph Kessel. Y avait-il seulement des anonymes pour peupler la terre en ces temps-là ?

63

D'ordinaire Gary ne danse pas. Si par hasard il se retrouve sur une piste de danse, il reste planté là, droit comme un i, un verre d'eau à la main, ne sachant que faire ni vraiment quoi penser, et sa présence alors est aussi vaine, dépourvue de sens et incongrue que celle du pape au bordel. Ce n'est pas tant qu'il déteste danser, non, mais il n'en voit guère l'utilité : s'il s'agit de bouger son corps pour éprouver du plaisir, merci, mais il y a d'autres moyens ; et si certains s'agitent en tous sens comme d'autres brament ou coassent, d'accord, mais il a d'autres atouts.

D'ordinaire donc, Gary ne danse pas mais ce soir-là, si. Emmené par Kessel dans un club en sous-sol, à l'abri des V1 qui ronronnent et des V2 plus retors, qui arrivent en silence, plus vite que le son, Gary ce soir-là sur le *dance-floor* se déchaîne : petits pas latéraux dans un sens puis dans l'autre, mouvements circulaires de la tête, brèves rotations du bassin, claquements de doigts en cadence jusqu'au moment, inéluctable, où il finit par se poser la question que je me pose chaque fois : mais qu'est-ce que je fous là ?

Alors il se dirige vers le bar et commande quelque chose, puis il s'allonge dans un coin, avec à portée de main des olives. Qu'il mange une à une, crachant sans vergogne autour de lui les noyaux. Qui roulent aux pieds d'une femme dont les ballerines, bleu marine, découvrent les chevilles. D'albâtre, qu'il considère longuement : ce sont celles d'une Anglaise, une grande brune aux cheveux longs, aux yeux verts, parie-t-il avec lui-même. Il lève la tête, raté : c'est une petite blonde aux cheveux courts, aux yeux bleus, drapée dans un châle, vêtue d'une chemise en lin blanc que prolonge une jupe doublée de taffetas. Elle doit avoir quarante ans.

Ils échangent des regards, d'abord furtivement, à la dérobée, puis de plus en plus insistants, et de plus en plus fréquemment. Vas-y, mon vieux, lui dit Kessel à qui n'a pas échappé leur manège, mais non, son vieux n'y va pas : il craint la rebuffade. Lesley Blanch – c'est son nom – n'est pas si indécise, et c'est elle qui finit par venir lui parler : *My dear*, dit-elle, *you look like Gogol*. Et c'est vrai qu'il lui ressemble un peu, de loin, en fermant les yeux : Gary a les cheveux courts, Gogol non. Gogol a le nez rectiligne, Gary depuis ses crashs à répétition plus vraiment. Gary a les sourcils épais, ceux de Gogol sont si fins qu'ils semblent épilés. Mais l'un et l'autre ont la pupille un peu lasse, mélancolique, et si l'on s'en tient à la pupille, à la seule pupille sans tenir compte de tout le reste – cheveux, nez, sourire, etc., jusqu'à la moustache qui n'est pas du tout la même, celle de Gogol, sans être nietzschéenne, étant bien plus imposante que celle de Gary –, et si l'on part du postulat que les portraits de l'un sont aussi fidèles que les photos de l'autre, alors j'imagine que l'on peut dire, oui, que Gary ressemble à Gogol.

Que savez-vous de Gogol ? demande Gary. Tout, dit-elle, je sais tout : j'ai lu trois fois *Les Âmes mortes*. Vous *croyez*, dit Gary, vous croyez l'avoir lu, mais vous ne l'avez pas lu dans le texte, vous n'en connaissez que la traduction en anglais, infidèle et si peu propice à rendre la poésie, la grâce, toutes les subtilités de sa prose. *Pravda*, dit Lesley, *no ya douraka, i vash yzik mnogo troudnie*. Ce qui veut dire à peu près : c'est vrai, mais votre langue est très difficile pour quelqu'un d'aussi bête que moi. Ce que Gary traduit par : tu vois, ducon, tel est pris qui croyait prendre, je connais le russe aussi bien que toi.

Il sourit, et puis elle lui demande s'il est français, oui, dit-il, enfin pas tout à fait. Et puis il lui dit ce qu'elle veut entendre, qu'il est le fils d'un prince polonais, qu'il a vécu entre Koursk et Moscou, mais que sa vraie patrie, sa ville de cœur, c'est Nice. *How is it ?* demande-t-elle. *What ?* dit-il. Nice, précise-t-elle. *Nice*, dit-il, et les voilà qui rient franchement. Et puis il lui demande d'où elle vient, alors elle dit qu'elle est anglaise de naissance, londonienne, corrige-t-elle aussitôt, mais que son âme est russe, et allons danser, propose-t-elle, mais il refuse fermement, et que fait-elle dans la vie ? Journaliste, dit-elle, pour *Vogue*, précise-t-elle, mais je veux être écrivain, conclut-elle. Il dit que lui aussi, il veut être écrivain, que tout le monde veut être écrivain, et que d'ailleurs il va bientôt sortir un livre. Ah bon, et de quoi parle-t-il ? De la Pologne, dit-il, de la résistance polonaise, des partisans dans la forêt, et d'un corbeau qui s'appelle Akaki Akakiévitch. Comme dans *Le Manteau*, demande-t-elle, la nouvelle de Gogol ? Exactement, dit-il, et il lui chante une complainte polonaise. Alors pour ne pas être en reste elle lui récite en anglais des vers de Keats, de Byron, de Lovelace, et *shall we dance ? Niet*, dit-il, et elle rit, d'un rire anglais, tout en réserve et en pudeur, un rire de *lady* qui l'enchante, lui, et il lui demande ce qu'elle lui trouve, elle, car enfin, juge-t-il, je ne suis pas tellement beau, si ? Elle sourit, elle dit que si, et que même s'il a l'air d'un ours mal léché, elle sait très bien les dompter, les ours mal léchés, et il décèle à raison dans sa phrase un double sens prometteur, double sens qui l'émoustille – il l'imagine dans des positions bien peu compatibles avec sa dignité de *lady* –, alors d'accord, pense-t-il, allons danser.

Et puis ils dansent, dansent, se regardent au fond des yeux, se rapprochent l'un de l'autre, s'allument puis s'étreignent, et s'ils ont déjà tacitement décidé d'aller plus loin – tout, dans leur langage corporel, les trahit, de l'incessant clignement des paupières de l'une à l'imperceptible tremblé des lèvres de l'autre –, voilà qu'elle diffère le moment du baiser :

— *My dear, you really look like Gog…*

Merde, pense-t-il. Elle me les brise avec Gogol, mais comment la faire taire ?

— *Would Gogol kiss you like this ?*

64

Et soudain les verres volent en éclats, les lustres vacillent, les murs tremblent. Une bombe, allemande, est tombée sur le toit; une autre, anglaise, sous le charme d'un Français. Impassible, Lesley réclame du feu, allume une Rothmans qu'elle insère dans le tube évasé d'un fume-cigarette en ivoire, embrasse à nouveau son *Frenchy*, le tire par la manche, et les voici marchant dans la nuit bras dessus, bras dessous sur deux miles, ivres d'amour jusqu'au 32, St. Leonard's Terrace à Chelsea, où se trouve aujourd'hui une petite maison que je suis allé voir un lundi midi du mois d'août, petite maison qui peut-être était la même, avec les mêmes briques rouges, le même muret blanc, la même façade mêmement ombragée d'un arbre feuillu, démesuré, sans doute un magnolia dont je ne sais s'il a fièrement tenu sous les bombes, si lui aussi à sa façon a résisté aux Allemands, ou s'il n'était alors qu'une graine, minuscule et risible et qui ne fut plantée là qu'après guerre, poussant sous Churchill, atteignant sous Thatcher sa pleine mesure et s'épanouissant désormais, tranquille et majestueux, dans une Angleterre sortie de l'Europe (pour le savoir il m'aurait fallu ni plus ni moins que l'abattre, cet arbre, et déduire son âge en dénombrant les cernes de sa souche – or j'étais parti ce jour-là sans ma hache), petite maison qu'habite alors Lesley Blanch et où les attend certainement le grand lit doré «surmonté d'un baldaquin et d'un miroir» évoqué par Gary dans *Lady L.*, grand lit doré dans lequel, peut-être, la nudité se parant volontiers de lieux communs, l'un se trouva bientôt en tenue d'Adam tandis que l'autre était nue comme un ver, et la suite on ne la connaît pas mais je vous connais, vous, on est faits du même bois, vous et moi, vous aimeriez savoir ce qu'il a bien pu se passer dans cette chambre, et si là-dessus vous avez votre *petite idée* pas plus que moi vous ne savez s'ils l'ont fait, car vous n'y étiez pas et je ne suis pas omniscient.

65

Bref, ils finissent par se marier.

66

Et treize ans plus tard ils passent Noël ensemble au Mexique. Au milieu des cactus donc, où dans mon esprit de gringo tout imprégné de clichés des hommes qui s'appellent indifféremment Carlos ou Pedro portent des santiags assez fines, une moustache épaisse, un sombrero plutôt large, sont assis contre un mur où ils s'enfilent des tequilas déjà tièdes, roupillent et parfois, entre deux roupillons, grattent leur guitare, et aïe caramba !

C'est donc au Mexique où comme on voit je n'ai jamais

mis les pieds qu'ils ont fêté Noël, en 1958. Leur hôtel, nous raconte Lesley dans un petit livre sur Romain, faisait face à la montagne éruptive et aztèque, enneigée, qu'on connaît sous le nom de Popocatépetl. Je ne sais comment s'appelait cet hôtel, ni même où il pouvait bien se trouver, Lesley n'en dit rien, et peu m'importe après tout. Ce qui m'importe en revanche, ce que j'aimerais savoir (mais cela Lesley ne le dit pas non plus), c'est si Gary poussant la porte de sa chambre, comme Newton allant s'asseoir un bel après-midi de printemps à l'ombre du pommier, ou Archimède se débarrassant de ses frusques pour se plonger innocemment dans l'eau fumante, ne se doutait de rien, ou si au contraire de Newton ou d'Archimède il savait déjà qu'il allait y connaître, dans cette chambre, la 184, nous dit Lesley, un éblouissement, une sorte d'épiphanie séculière, l'effervescence créatrice d'où allaient jaillir les premières pages de la *Promesse* – est-ce qu'il avait déjà, en somme, l'intuition du livre qui lui donnerait la sensation d'être «à deux doigts», comme il l'écrirait, plus tard, à Gaston Gallimard, de laisser derrière lui une «marque indélébile»?

Car dans cette chambre 184 d'un hôtel dont on ne connaît rien, dont on ne sait pas même s'il s'agissait d'un palace ou d'une modeste *posada*, si l'on y laissait ses valises à des grooms en livrée ou s'il fallait soi-même les monter, dont on sait seulement qu'il était au Mexique et faisait face à la montagne, on est certain qu'il a commencé à écrire cette autobiographie très romancée que l'on connaît, que ses lecteurs appellent *La Promesse de l'aube* et que lui, d'ailleurs, alors qu'elle s'ébauchait en esprit, se faufilait au gré des chemins sinueux de sa pensée, n'appelait pas encore la

Promesse, non, mais *La Possession du monde*, ou *La Confession de Big Sur*, ou *La Course contre la vie*, car le titre final ne viendrait que plus tard, quand la Terre ayant fait sa révolution il en corrigerait les épreuves, or dans cette chambre au Mexique on n'en était qu'aux brouillons, pas même aux brouillons : les feuilles étaient blanches ; elles l'attendaient quelque part dans la remise de l'hôtel, et qu'on m'apporte de l'encre, dit-il au groom qui venait de déposer les valises (car bien sûr il goûtait la volupté du luxe, comme tous les nouveaux riches qui sont des pauvres avec de l'argent il avait voulu quelque chose qui fût la démonstration éclatante d'une réussite qui ne l'était pas moins, et qui donc se manifestait par des grooms en livrée exauçant promptement ses moindres désirs), de l'encre, répéta-t-il, un porte-plume et du papier.

Cinq minutes plus tard on lui avait livré de quoi écrire, et alors, nous dit Lesley, il s'est assis dans un « grand fauteuil » qu'il avait tourné dos à la fenêtre, tant pis pour le Popocatépetl, et il a commencé la *Promesse*. Est-ce qu'il a débuté par l'incipit, le « C'est fini » par quoi tout commence et à partir de quoi se déploie tout le reste ? Est-ce qu'il a hésité avant de coucher ses premières phrases, et pour combien de temps ? Est-ce qu'il les a pensées longuement, ou est-ce que, prenant le contre-pied de Flaubert, n'ayant crainte de les hâter il les a jetées d'un seul jet sur la page ? Cela non plus, on ne le saura pas. Pas plus qu'on ne saura si en cet instant où sa plume se gorgeait de l'encre bleue d'où renaîtrait tout un monde disparu il était encore au Mexique en 1958, ou si de nouveau il avait huit ou neuf ans dans la cour de l'immeuble, au n° 16 de la rue Grande-Pohulanka.

67

Bien évidemment il n'a rien vu du Mexique, ni cactus ni Carlos ni Pedro : en dépit des supplications de sa femme il est resté dans sa chambre (il n'en est sorti qu'une seule fois, pour acheter un superbe poncho), à ne rien faire, à rêver, à se souvenir, à mettre des mots les uns derrière les autres, à les faire danser à la queue leu leu dans une grande frénésie, et c'est peut-être cela et rien de plus, *être écrivain* : fermer les yeux pour les garder grands ouverts, n'avoir ni Dieu ni maître et nulle autre servitude que la page à écrire, se soustraire au monde pour lui imposer sa propre illusion. Tourner le dos au Popocatépetl.

68

On peut aussi se contenter de tourner le dos à sa fenêtre – ce que des mois durant j'ai fait par dépit. Le mur vis-à-vis de la mienne est tapissé de vigne vierge. C'est d'une splendeur qui peut être enivrante, et qui pourtant m'a longtemps accablé : je me souviens de ces jours inféconds, de plus en plus écourtés, au début de l'automne ; il pleuvait ; la vigne vierge se parait de couleurs, ses feuilles passaient du vert à l'orange, puis au rouge ; les miennes invariablement restaient blanches.

Jour après jour j'ajournais l'écriture de ce livre. Mon enquête patinait, piétinait, elle était au point mort et Piekielny, introuvable. Dieu sait pourtant que je l'avais cherché : dans les méandres du web, où se trouvant partout à la fois il n'était nulle part ; dans les archives à Vilnius, où nul ne semblait l'avoir jamais vu ; dans les souvenirs de ceux qui jadis avaient connu Gary, qui, l'ayant croisé rue du Bac, boulevard Saint-Germain ou ailleurs, avaient pu l'entendre, au détour d'une phrase, évoquer le petit homme, mais non, désolé, mon cher F.-H., jamais eu vent de ce M. Bikini.

L'automne chavira dans l'hiver. Les feuilles au mur finirent par tomber ; celles sur ma table restaient immobiles, empilées, tour de papier risible où logeait mon impuissance. De Gary je lus ou relus la vingtaine de romans, les quelques essais, les pièces de théâtre et les nouvelles, mais je dus m'y résoudre assez vite : il n'y avait rien là-dedans, en dehors des trois pages de la *Promesse*, qui pût me renseigner sur la gentille souris de Wilno.

Sur mon bureau les livres s'accumulaient, montaient vers le plafond dans un équilibre précaire ; il y en avait un peu partout, *sur* Gary, *avec* Gary, *à propos de* Gary, en français, en anglais, en lituanien (et alors je me contentais de les feuilleter sans rien y comprendre). Au moins cette tour de Babel ombrageait l'autre tour, la petite inutile, qui attendait sagement dans son coin que ma main vînt la réduire de quelques étages. En vain : Piekielny inlassablement se dérobait à mes recherches. J'avais lu des milliers de pages, et à quoi bon ajouter les miennes à celles-ci ?

Les feuilles au mur repoussèrent. Près d'un an avait passé, j'étais prêt à rendre les armes : c'est fini, dis-je une nuit à Marion qui dormait – comme souvent, elle s'était endormie un bras replié sur les yeux pour me laisser lire à la lumière de la lampe, geste si simple qui chaque fois me donne envie de la rouer d'amour et de la cribler de baisers –, c'est fini, je ne veux plus en entendre parler : adieu, Piekielny. Tu cherches des alibis, me dit-elle à demi éveillée, des alibis pour ne pas écrire, et elle se rendormit aussitôt. Elle avait peut-être raison : j'attendais que Piekielny revenu d'entre les morts apparût devant moi, avec son air discret, effacé, sa barbiche roussie par le tabac, puis qu'il me conviât dans la Wilno de l'époque et me dévidât ses souvenirs, me racontât de bout en bout son histoire – qu'il m'aurait alors suffi de consigner comme un scribe.

Le lendemain j'allai chercher des cartons et j'y rangeai ma tour de Babel, sous le regard désapprobateur de Gary : sa photo se trouvait à côté d'une lettre autographe, encadrée dans un beau cadre en bois noir, en hauteur sur le mur du salon. Je voyais bien qu'il était mécontent, que je l'avais déçu.

— Tu n'as plus rien écrit depuis des mois, me dit-il avec reproche.

— C'est un peu ta faute : je n'ai rien trouvé sur Piekielny.

— Ce n'est pas une raison. Il faut écrire.

Il soupirait.

— J'ai toujours voulu que tu ailles au bout de ce projet.

Mon cœur se serrait. Il regardait les livres autour de

moi, les noms sur ces livres. Il y avait Hugo, Dumas, Pouchkine, Gogol et tant d'autres.

— Crois-tu, dit-il, qu'ils auraient abandonné la partie ?

69

Sur cette photo Gary me regarde souvent. C'est un tirage original, sur papier argentique, que j'ai acheté avec la lettre. Une petite fortune mais enfin, il faut parfois se faire plaisir et c'est là mon seul bien – en plus de quelques livres au prix dérisoire et à l'inestimable valeur. Il me regarde souvent, et le plus souvent j'évite de soutenir son regard : il m'impressionne un peu.

Il existe d'autres photos de lui que je préfère regarder. Les photos sont muettes ; elles me parlent. On en trouve plusieurs dans la biographie de Myriam Anissimov : sur l'une, il est à Nice, en maillot de bain, en 1937 ; sur une autre, il marche coiffé d'un béret à côté de son père – preuve que son père ne les avait pas totalement abandonnés, sa mère et lui –, deux ans avant la guerre dans une rue de Varsovie ; sur une autre encore il est avec Lesley, dans leur appartement sans chauffage à Sofia, entre sa prise de fonction en février 1946 et son départ, en décembre 1947 : emmitouflé dans un manteau de fourrure, une couverture sur les genoux, il porte une chapka, des gants, c'est l'hiver, un samovar fume, Lesley est plongée dans ses rêveries et Gary, une cigarette à la bouche, dans la lecture des *Temps Modernes*. Et si elle avait été de meilleure qualité, cette photo, si nous avions pu apercevoir ne serait-ce que le numéro sur la couverture de la revue, en haut à droite, juste en dessous du *s* noir de *Modernes*, alors peut-être – la datation aux *Temps Modernes* n'étant ni plus ni moins efficace que celle au carbone 14 –, peut-être aurions-nous su quand elle fut prise, cette photo : en octobre 1946 (n° 13, avec des fragments de *L'Écume des jours*) ? En novembre (n° 14, avec des poèmes de Beckett) ? En décembre (n° 15, articles de Beauvoir et de Roger Grenier) ? En février de l'année suivante (n° 17, Sartre, « Qu'est-ce que la littérature ? », et Beauvoir, « Pour une morale de l'ambiguïté ») ? Ou encore fin 1947 (n° 27, avec des poèmes de Queneau) ?

70

Et puis il y a celle de la dernière édition Folio de la *Promesse*, où il pose avec sa casquette et sa veste de cuir, à Nice, en 1939 ; celle encadrée au dernier étage des éditions Gallimard – que l'on trouve aussi en couverture du *Cahier de l'Herne* qui lui fut consacré – où on le voit dans son bureau rue du Bac, l'œil dur et les cheveux grisonnants, avec son teckel Pancho ; celle que j'aime tant, dans une gondole avec Jean, sur le Grand Canal à Venise, en 1961 ; celle enfin avec René Agid à Roquebrune, en bermuda et chemise largement entrouverte – aussi entrouverte que la chemise (la même ?) qu'il porte sur une autre photo, au début des années 70 à Majorque, dans sa maison de Puerto Andratx, où allongé à même le sol, accoudé contre un tapis, un cigare à la bouche, il écrit.

71

De Roman Kacew enfant, on ne connaît que quelques photos : sur l'une, il a douze ans, il en fait seize, il vient d'emménager avec sa mère à Varsovie, et il est beau comme le Tadzio d'Aschenbach ; sur une autre, il a trois ans, une coupe au bol et des joues rondes, des petites mains potelées, et comme Rimbaud à tout âge il fait la gueule. Se peut-il qu'il existe quelque part une photo de lui à huit ou neuf ans, au n° 16 de la rue Grande-Pohu-lanka ? Et si elle existe, cette photo, y a-t-il une chance, aussi infime soit-elle, qu'on y trouve aussi un certain M. Piekielny ? Ce n'est pas impossible.

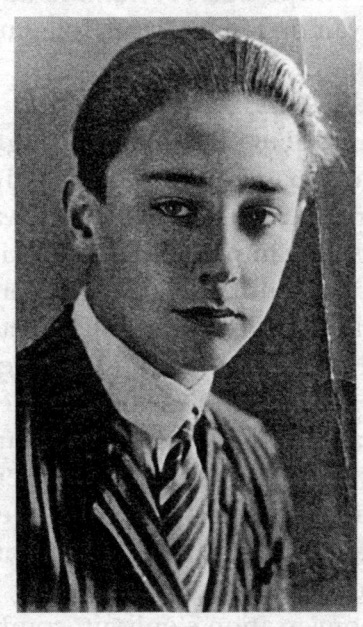

Il n'est pas impossible en effet qu'un jour ensoleillé de 1922 ou 1923 un photographe amateur, en ce temps où en ces lieux on les comptait sur les doigts d'une main, un photographe amateur donc, revenant de je ne sais où, porte de l'Aurore, bordure de Vilnia ou tour de Gedymin, quelque part en tout cas où il avait déloyalement concurrencé les petites mains qui peignaient sur le motif, fît une halte dans la cour de la Grande-Pohulanka et, voyant l'ombre fraîche du tas de briques ou du dépôt de bois, s'y adossât, y posât un instant l'appareil et le trépied qu'il convoyait à l'épaule, puis voyant passer, une pipe à la bouche, un petit homme à la barbiche roussie par le tabac, reconnût dans cet homme un semblable, lui demandât s'il avait du feu, et si, ma foi, il ne fumerait pas avec lui.

Et parce qu'il était généreux, parce qu'il avait du temps à perdre et peut-être un ami à gagner, parce que cet homme l'intriguait comme l'intriguait sa machine à figer l'éphémère, parce que surtout il n'avait jamais posé de sa vie, il n'est pas impossible que Piekielny, non sans arrière-pensée, consentît à le partager, son feu, sauf que désolé, mon brave, je n'en ai pas. Mais il était ingénieux : en secouant sa pipe, il en fit tomber quelques cendres encore rouges, et se mit à en bourrer le fourneau du photographe amateur. Alors, tirant sur leurs brûle-gueule comme de vieux atamans, ils parlèrent de tout et de rien, puis de rien, puis, faute de mieux, du temps qu'il faisait, chaleur accablante, dit le photographe amateur, un peu frisquet, exagéra Piekielny, et comme on sentait que la conversation s'enlisait, comme le silence à nouveau s'installait – ce qui les mettait tous deux mal à l'aise, ils n'étaient pas encore assez intimes pour qu'il en fût autrement –, il se peut que Piekielny, pointant du doigt le drôle d'appareil qui ressemblait à un accordéon dont on aurait déployé le soufflet, de façon intéressée s'enquît de la façon dont il permettait d'arrêter le temps noir sur blanc. C'est très simple, dit le photographe amateur, et il lui expliqua qu'il fallait d'abord évaluer la distance puis la reporter manuellement, ouvrir le clapet, cadrer, faire la mise au point en tournant la molette, etc., et tout cela au contraire me semble bien compliqué, jugea Piekielny à qui tout cela semblait bien compliqué, en effet ce n'est pas simple, concéda le photographe amateur dans un revirement d'une rapidité remarquable, mais peut-être qu'un jour, qui sait, on pourra réduire la taille de l'appareil, le placer au bout d'une perche, et d'un simple clic se prendre soi-même en photo, enfin, ajouta-t-il, lucide, il ne faut pas rêver. Et puis quel intérêt, demanda Piekielny, quel intérêt aurait-on à se prendre soi-même en photo ? Moi par exemple, moi qui n'ai jamais posé de ma vie, qui n'en ai pour ainsi dire jamais eu l'occasion – et alors qu'il s'apprêtait à lui rappeler le proverbe bien connu en Pologne selon lequel l'occasion fait le larron, Mina Kacew, rentrant du cours de danse ou de violon de son fils qu'elle tenait par la main, passait le porche en poussant de grands cris.

Mina Kacew, on la connaît : il n'est pas impossible que s'avisant de la présence du photographe amateur elle en fût d'abord étonnée, très étonnée (peut-être presque aussi étonnée que moi le jour où, entrant dans un bar, quai des Grands-Augustins, à Paris, je vis, attablé devant des bières et regardant à la télévision un match de hockey, un groupe de trois hommes dont deux encourageaient leur équipe, gueulaient sur l'arbitre et commentaient chaque action, frénétiques, exaltés, un peu frustes, et le troisième était Milan Kundera – c'est du moins ce que j'avais d'abord cru, et quand je m'approchai avec déférence, pardon de vous déranger, pour lui serrer la main, j'ai lu tous vos livres, l'homme, qui s'avéra être le sosie, en un peu plus jeune, un peu moins tchèque, de Milan Kundera, me considéra longuement et me dit, consterné, vous devez faire erreur, monsieur, je suis taxidermiste), puis que, saisissant l'opportunité – un photographe, dans la cour de l'immeuble ! –, elle lui ordonnât de prendre sur-le-champ un cliché de son petit Romouchka.

Le photographe amateur, on le connaît un peu moins, et peut-être qu'éconduisant l'importune il grommela qu'il n'avait pas de temps à perdre, ou pas que ça à faire, et que de toute façon il avait une pipe à fumer. Une pipe à fumer ! fulmina sans doute la mère de l'enfant, et alors il est probable qu'elle fît des reproches au photographe amateur – refuser de tirer le portrait de mon fils ! – suivis de prophéties – mon fils qui sera un héros, qui sera général, Gabriele D'Annunzio, ambassadeur de France ! –, d'imprécations – sa colère s'abattra sur vous ! – puis carrément de menaces – vous croupirez au fond d'une geôle ! –, le tout assené avec une telle assurance, un tel aplomb que le photographe amateur, impressionné, un peu inquiet aussi, les prit pour argent comptant – après tout la pauvre femme avait peut-être raison, et il faut savoir ménager la susceptibilité des grands hommes, fussent-ils en culottes courtes et âgés de huit ou neuf ans.

Il n'est pas impossible alors qu'il finît par céder, de guerre lasse dît à l'enfant de poser là sans bouger, devant le tas de briques ou non, plutôt ici, face au dépôt de bois, puis qu'il fût interrompu par la mère parce que le petit avait «le soleil dans le dos», et bien qu'il ne fût qu'amateur répondît madame, je connais mon métier, cependant que Piekielny, prétextant qu'il devait faire le sien, prît congé du photographe, de la mère et de l'enfant, ôtât son chapeau en guise de salut, et se surprît à passer dans le champ de l'objectif en marchant de biais, à la manière d'un crabe, comme s'il avait voulu sciemment lui faire face au moment où son compagnon de tabagie déclenchait.

Dès lors il n'est pas impossible qu'un petit homme en redingote se retrouvât fortuitement et à son insu (c'est du moins ce qu'il aurait juré la main sur le cœur, si l'on s'était étonné de sa présence à l'arrière-plan et peut-être à contre-jour) sur le cliché d'un petit garçon en culottes courtes, cliché que sa mère aura pieusement conservé, qu'elle aura trimballé avec elle un peu partout, de Wilno à Varsovie puis de Varsovie jusqu'à Nice, de l'hôtel-pension Mermonts à la clinique Saint-Antoine, où dans les derniers jours de février 1941, entre deux larmes et deux hoquets, elle le regardait encore en fumant, et il n'est pas impossible qu'au moment du hoquet final elle le serrât contre son cœur, ni même, car il n'est pas interdit de rêver, que ce cliché existe encore aujourd'hui, que par le jeu des hasards et des successions il se trouvât entre les mains délicates d'une infirmière, puis dans celles, un peu moins délicates, d'un GI, qu'il traversât l'Atlantique en paquebot puis l'Amérique en camion, fût punaisé quelques mois contre un mur puis décroché, et rangé parmi d'autres bibelots dans une boîte à biscuits elle-même rangée au fond d'un garage à Saint Paul,

Minnesota, à Louisville, Kentucky, ou plus sûrement, puisque nous sommes facétieux et que nous croyons aux clins d'œil de l'Histoire, à Gary, Indiana, où jaunissent dans la plus grande indifférence les visages de l'enfant et de la souris de Wilno, non, vraiment, tout cela n'est pas impossible.

72

Pas impossible et néanmoins improbable. Ce qui est probable en revanche, ce qui même est plausible, c'est qu'il existe ou qu'il a existé, quelque part, une photo de Piekielny. Peut-être pas un portrait en pied de lui seul, mais une photo de groupe, dans la cour de la Grande-Pohulanka, un samedi au mois de mai 1939, ou alors début juin, pour la Bar Mitzvah d'un gamin de l'immeuble, quand on porte le talit et qu'on a coiffé la kippa.

Et si nous avions vécu cette époque, si nous avions été à Wilno ce jour-là, si comme eux nous avions porté le talit et coiffé la kippa, nous aurions vu les résidents de l'immeuble rentrer de la synagogue Tohorat Hakodesh – la seule, l'unique synagogue de Vilnius aujourd'hui –, dans une rue perpendiculaire à la rue Grande-Pohulanka que nous aurions remontée avec eux, jusqu'au n° 16 où nous auraient attendus dans la cour un chaudron vide, suspendu par des chaînes à d'immenses trépieds de fonte, ainsi qu'une table, tout en longueur et montée sur tréteaux, avec là-dessus un kugel, du tcholent et du vin, puis nous aurions entendu des *Mazel tov* et le Kiddouch, et bon appétit.

Ce n'est pas à sa tête que nous l'aurions reconnu, non, c'est à la redingote, la vieille redingote dont on eût dit qu'elle était « d'un autre temps » – du temps de sa jeunesse –, la même redingote que vingt ans plus tôt mais râpée, élimée, trouée par endroits, avec, comme s'il avait servi à rapiécer les autres parties, son col de castor diminué de moitié, et trois bouts de fils pendillant là où jadis se trouvaient des boutons. Nous l'aurions vu, le petit homme à la barbiche blanchie par l'infatigable enchaînement du jour et de la nuit, attablé seul devant son verre de vin et le buvant, rompant son pain et le mangeant, jetant çà et là des regards apeurés, pensant peut-être au *royaume enchanté de l'enfance*, quand l'infatigable enchaînement était le cadet de ses soucis, quand il avait encore des cheveux sous la kippa et que la barbiche ne lui mangeait pas le visage, quand il était glabre à douze ans, ou à quinze, quand il avait trois poils sur le menton et la vie devant lui, pensant aussi à l'irréparable solitude de cette vie passée comme un songe et vouée à l'oubli, pensant encore au petit Roman qui d'ailleurs n'était plus si petit, qui là-bas, à Varsovie où il le croyait toujours dans les jupes de sa mère, devait avoir poussé comme un frêne, le petit Roman qu'il ne savait pas sous le drapeau à Salon-de-Provence, pas plus qu'il ne savait s'il était devenu *quelqu'un* d'important, ou s'il le deviendrait, ou si tout cela finalement n'était que lubie de mère juive à quoi s'était agrégée sa propre lubie.

Ce qu'il pouvait bien penser ce jour-là, Piekielny, nous ne l'aurions pas su. Mais nous aurions vu, dépassant d'une poche, des rahat-loukoums et, posé devant lui sur la table, un violon. Offrant les premiers, il aurait empoigné le second, et pour la première fois depuis des lustres il aurait osé : ayant tourné son instrument *du bon côté*, il lui aurait chatouillé le ventre, et les cordes enfin auraient vibré sous le ciel de juin, dans le brouhaha aussitôt dissipé. Des ouïes se serait d'abord échappé l'éternel sanglot des damnés de la terre, avant que le violoniste changeant brusquement de registre ne se fût lancé dans quelque chose de plus gai, d'entraînant, de joyeux sur quoi tout le monde aurait dansé, en ligne, en cercle, au milieu du cercle, les pouces vers les aisselles, une bouteille en équilibre sur la tête, pour amuser la galerie, pendant une heure ou deux, et maintenant la photo.

Nous aurions vu les uns jouer des coudes pour entrer dans le champ, les autres, plus orthodoxes ou plus vieux, par pudeur se couvrir le visage, mais pas Piekielny : c'est au premier rang que nous l'aurions retrouvé, épuisé mais ravi, figé dans une belle attitude, solennel sous le soleil, son violon aux cordes encore fumantes à la main ; amateur ou non, la tête sous le crêpe noir, un photographe à cinq pas de là aurait donné ses consignes – se serrer, les petits devant, les grands derrière, ne pas bouger et sourire, un *ouistiti* en polonais mâtiné de yiddish –, et alors il aurait déclenché, puis frappant ses mains il aurait dit c'est dans la boîte, et quand Dieu sait comment tout cela serait sorti noir sur blanc de la boîte, ce ne sont pas des visages que nous aurions vus, pas *seulement* des visages, mais aussi l'éphémère d'un lieu très précis d'un moment très précis de l'été, quelque chose d'ineffable à jamais volé au temps qui s'enfuit.

Puis nous aurions tourné la tête, et alors peut-être aurions-nous aperçu derrière une fenêtre, au deuxième ou au troisième étage, une main d'homme écarter un rideau de toile rêche, entre les pans duquel serait apparue une figure menaçante, polonaise, tordue par un sourire mauvais. Et nous l'aurions vu, cet homme qui aurait pu tout aussi bien être une femme, jeter sur les petites calottes noires dans la cour un œil torve, le blanc strié des vaisseaux rouges du mépris. Et pour peu que sa fenêtre fût ouverte, nous l'aurions entendu prononcer dans un souffle : Ah, ces Juifs…, avec les points de suspension que nous n'aurions pas entendus, les trois petits points inaudibles dans le silence où s'embusque le « qu'ils crèvent » des petits salauds, ceux-là mêmes qui dans la nuit de 1941, au temps des balles dans la nuque au bord d'une fosse, feraient allégeance aux nouveaux maîtres du monde en levant le bras droit.

73

Les petits salauds ont existé. La photo peut-être pas. Si elle existe en tout cas je ne l'ai pas trouvée. Et s'il n'y avait tout simplement pas de photo parce qu'il n'y avait pas de M. Piekielny ? Et si c'était lui qui n'avait jamais existé ? Et si Gary l'avait inventé de toutes pièces ?

C'était à Roger Grenier qu'il fallait poser la question. Roger Grenier, quatre-vingt-quinze ans, écrivain, éditeur chez Gallimard où depuis 1949, qu'il vente, qu'il pleuve ou qu'il neige, il se rend à pied chaque jour que Dieu fait. Pendant longtemps, son rituel fut le même, immuable et sacré : levé à six heures, deux minutes plus tard il était sous la douche, à six heures douze il se rasait, à six heures vingt il enfilait un pantalon puis boutonnait sa chemise, entre six heures vingt-cinq et six heures cinquante il buvait son café en lisant les journaux, à sept heures moins cinq il passait autour de son cou une cravate qu'une minute après il avait fini de nouer, à sept heures moins une il chaussait ses lunettes, et à sept heures précises, qu'il vente, qu'il pleuve ou qu'il neige il sortait de chez lui, rue du Bac, qu'il descendait d'un pas ferme sur lequel les habitants du VIIe arrondissement réglaient leurs petites habitudes : le voyant qui passait devant ses fenêtres, le boulanger savait qu'il était temps de sortir son pain du four, la mère de famille de réveiller ses enfants, le facteur d'enfourcher sa bicyclette et de commencer sa tournée, de sorte que, le 3 décembre 1980, au lendemain de la mort de son cher Romain, quand Roger Grenier, accablé de tristesse, dut garder le lit, il y eut des baguettes trop cuites, des enfants en retard à l'école et du courrier non distribué. L'anarchie.

74

Quand je l'ai rencontré il ne se levait plus aussi tôt. Mais il continuait, chaque jour, de descendre à pied la rue du Bac jusqu'aux éditions Gallimard où, fin 2014, par un après-midi sans soleil il me reçut dans son bureau où il avait reçu, pêle-mêle, Bernard Wallet, grand homme et grand cœur, éditeur et athlète, Blondin et sa « silhouette fragile, un peu inachevée », Gallimard, Gaston, le patriarche, en costume bleu-gris et en nœud papillon, Prévert, du temps où « même assis il ne tenait plus debout », Sartre, l'œil vrillant derrière le verre de ses lunettes et le nez camus, Camus, l'ami intime, intimidant, rencontré à *Combat,* du beau monde, donc, et puis maintenant Désérable. Patatras.

Si je m'y trouvais, dans ce bureau, c'était pour Romain Gary que personne, dans la maison, en dehors peut-être de Robert Gallimard, n'avait connu mieux que lui, Roger Grenier : Gary habitait avec Jean Seberg, sa femme, et leur fils, Alexandre Diego, un appartement de huit pièces au n° 108 de la rue du Bac. Grenier habitait – habite toujours – juste à côté. Ces deux-là se croisaient souvent de bon matin le dimanche, sur le coup de sept heures, sept heures et demie, l'un, Grenier, promenant son chien Ulysse, un braque Saint-Germain qui montrait les crocs quand on disait « Grasset », l'autre, Gary, promenant sa *tosca* sous son poncho mexicain, à deux pas de l'hôtel Matignon, où les CRS en faction le regardaient d'un œil inquisiteur, méfiant.

Vous savez, me dit Roger Grenier, Romain Gary avait

ses petits arrangements avec la vérité. Je savais : c'était un écrivain. La vérité, *l'âpre vérité*, il préférait la déguiser, la travestir – c'est qu'elle n'était pas toujours parée de ses plus beaux atours, cette vérité, elle n'était pas toujours reluisante, elle ne brillait pas des mille feux que le réel avait éteints mais que les Lettres étreignaient, étaient à même de ranimer. Alors *la* vérité à vrai dire il s'en foutait, il en faisait *sa* vérité, il la maquillait, la poudrait, la fardait comme se fardent les filles dans les sous-bois, sur les trottoirs, partout enfin où la pudeur se négocie puis se brade.

75

À nous deux, Romain.

Menons l'enquête. Faisons le point. Voyons de quel bois tu te chauffes.

Commençons par ta naissance, si tu veux bien. À Moscou, dis-tu. Ou dans un train, c'est selon. Vraiment ? Oui, vraiment. Et la fiche d'état civil, que dit-elle ? Que tu es né le 8 mai 1914 à Wilno, qui s'appelait alors Vilna, de Mina Iosselevna Kacew et d'Arieh-Leïb Kacew, dit Leiba. Premier mensonge qui d'emblée en révèle un deuxième, mon petit Roman, mon grand Romain : ton père n'est pas Ivan Mosjoukine, la star du cinéma muet, comme tout au long de ta vie maintes et maintes fois tu as pu le prétendre, comme avec aplomb tu le prétendais encore, un soir, face à Roger Grenier visionnant avec toi *Le Père Serge*, un des films de ce père putatif, sublime et rêvé : Tu ne trouves pas, dis, tu ne trouves pas qu'il y a une ressemblance ? Vaguement, peut-être. De loin. Avec un peu d'imagination. Vous aviez la même gueule de moujik, les traits rudes et cosaques, orientaux, et les mêmes yeux, surtout, ces yeux qu'à Wilno tu levais vers le ciel, c'est-à-dire vers les yeux de ta mère, aussi verts que les tiens étaient bleus. De cette vague ressemblance, de ce cousinage lointain dans l'iris, dans les pommettes et le front, tu t'es inventé une ascendance éclatante, glorieuse, plus glorieuse en tout cas que la vraie, celle d'un petit fourreur juif pas assez bien pour la légende, pas assez *glamour*, alors va pour Mosjoukine, la star de ciné.

Tu as grandi sans père, on le sait. Pas de père mais une mère, Mina Kacew, et toi, son *romantchik-romouchka*. Ta mère, justement. Parlons-en. Tout au long de la guerre, racontes-tu dans la *Promesse*, elle t'a écrit des lettres par dizaines, de longs billets dans lesquels elle disait combien elle était fière de son fils glorieux et bien-aimé qui se battait là-haut, dans le ciel, pour le salut de la France… Quand à la fin de la guerre la France fut sauvée, écris-tu encore dans le passage le plus lyrique, le plus beau de ce livre si beau, ce « récit empreint de vérité artistique », quand à la fin de la guerre tu revins à la maison, le ruban vert et noir de la Libération bien en évidence sur ta poitrine, au-dessus de la Légion d'honneur, de la Croix de Guerre et de cinq ou six autres médailles dont tu n'avais oublié aucune, les galons de capitaine sur les épaules de ton battle-dress noir, la casquette sur l'œil, l'air plus dur que jamais, à cause de ta paralysie faciale, ton roman en français et en anglais dans ta musette bourrée de coupures de presse, dans ta poche la lettre qui t'ouvrait les rangs de la Carrière, avec juste ce qu'il fallait de plomb dans le corps pour faire le poids, ivre d'espoir, de jeunesse, de certitude et de Méditerranée, debout, enfin, debout dans la clarté, sur un rivage béni où nulle souffrance, nul sacrifice, nul amour n'était jamais jeté au vent, où tout comptait, se tenait, signifiait, était pensé et accompli selon un art heureux, après avoir démontré l'honorabilité du monde, après avoir donné une forme et un sens au destin d'un être aimé (toi aussi il t'arrivait de faire de longues phrases), quand à la fin de la guerre tu revins donc à la maison pour serrer ta mère dans tes bras, tu appris qu'elle était morte trois ans et demi auparavant, quelques mois après ton départ pour l'Angleterre. Tu ne pouvais pas tenir debout, dis-tu enfin, sans te sentir soutenu par elle. Elle le savait. Elle avait pris ses précautions : «Au cours des derniers jours qui avaient précédé sa mort, elle avait écrit près de deux cent cinquante lettres, qu'elle avait fait parvenir à son amie en Suisse. Je ne devais pas savoir – les lettres devaient m'être expédiées régulièrement.» Et tu conclus : «Je continuai donc à recevoir de ma mère la force et le courage qu'il me fallait pour persévérer, alors qu'elle était morte depuis plus de trois ans. Le cordon ombilical avait continué à fonctionner.»

Mouchoir, s'il vous plaît. Car ces lignes enfin, qui n'a pas pleuré en les lisant? Si l'on avait indexé tes droits d'auteur sur les larmes de tes lecteurs, tu t'offrais le boulevard Saint-Germain. Mais ces lignes sont fausses, tu le sais. Tu avais, là encore, tes «petits arrangements avec la vérité». Ta mère t'a écrit, bien sûr, elle n'a jamais cessé de t'écrire, de l'hôtel-pension Mermonts puis de la clinique Saint-Antoine, à Nice, sur des cahiers d'écolier – que tu as découverts à ton retour, après avoir appris sa mort par télégramme, en février 1941. Sur cela aussi, tu as menti. Jusqu'au bout tu as menti, jusqu'à la dernière lettre, celle datée du *jour J* où tu pries *les fervents du cœur brisé de s'adresser ailleurs*, avant de t'allonger sur ton lit, en peignoir rouge et chemise bleue, les yeux bleus grands ouverts, et de glisser dans ta bouche le canon d'un Smith & Wesson à cinq coups, de calibre 38. *Au revoir et merci.*

Tu as passé ta vie à jouer du pipeau.

Alors, est-ce qu'il faut te croire quand tu parles de M. Piekielny?

76

En tout cas, me dit Roger Grenier, il ne l'a jamais évoqué devant moi. Il ne parlait pas de la guerre. Encore moins de son enfance.

De quoi parlait-il, alors? De Diego, du Général, de Jean Seberg? Des livres qu'il avait écrits? De ceux qu'il avait lus? De l'honneur, dont il faisait grand cas? Des honneurs qu'il accumulait, méprisait, convoitait – la convoitise n'étant pas exclusive du mépris? Du Nobel, qu'il aurait aimé avoir, auquel il ne croyait plus? Du Goncourt, qu'il avait eu? C'était le 3 décembre 1956. Un lundi.

141

77

Ce jour-là il est huit heures à La Paz et treize heures à Paris. Chez Drouant, rue Gaillon, le prix Goncourt est décerné à « M. Romain Gary pour son roman *Les Racines du ciel* ». À quatre mille mètres d'altitude dix mille kilomètres plus loin, une main dans la poche de son pantalon de costume, l'autre main négligemment en dehors, M. Romain Gary marche d'un pas léger, allègre, il a peut-être une écharpe autour du cou, c'est possible, à La Paz en décembre il ne fait pas bien chaud, un peu plus qu'en juillet mais guère beaucoup plus, peut-être cette écharpe flotte-t-elle dans le vent, le grand vent de l'Altiplano descendu par rafales, mais peut-être que non.

Depuis que la guerre est finie, il la poursuit de manière pacifique : il est diplomate, ce qui veut dire qu'il écrit des rapports qu'on ne lit pas mais qui lui rapportent un peu. On a pu le voir en poste à Sofia où « l'Armée rouge était partout », à Paris où elle n'était nulle part, à Londres, le moral en berne, et à Berne, où ça n'allait pas mieux (« un blanc de dix-huit mois : je me rappelle vaguement une horloge avec des bonshommes qui frappent l'heure »). On a pu le voir aussi dans les mégalopoles aux grands immeubles de verre et d'acier à New York, à Los Angeles, et le voici maintenant plus au sud, chargé d'affaires à La Paz où il remplace l'ambassadeur de France pour trois mois.

Mais il est aussi et surtout écrivain – il écrit des romans qui sont lus, bien plus que les rapports mais qui lui rapportent bien moins. En 1945 il a publié *Éducation européenne* : succès immédiat, critique élogieuse, droits vendus dans une vingtaine de pays, enthousiasme de Kessel et de Malraux, lettre de Camus, dithyrambe («le plus beau livre des années 40, dès à présent le plus durable, et qui révèle un écrivain») dans *Le Monde*, un journal tout récemment créé, pas vraiment une institution, mais bon, c'était toujours ça de pris. Et puis il y eut le prix des Critiques, ce qui n'était pas rien, doté de cent mille francs, ce qui n'était vraiment pas rien. Alors Gary, heureux? Mouais. Il voulait décrocher la timbale, la timbale rutilante de la rue Gaillon, il ne l'eut pas, fit la gueule et le fit savoir à Calmann, son éditeur : «Tout cela, cher Robert, me fait bien *chier*, amicalement à vous, Romain Gary.»

Pas plus qu'il n'eut le Goncourt pour le premier il ne l'eut pour les suivants : *Tulipe*, *Le Grand Vestiaire*, *Les Couleurs du jour* furent des demi-succès (mais il était du genre, dit-on, à voir le verre à moitié vide : lui aurait dit qu'il s'agissait d'échecs cuisants). On sait comment se passent ces choses-là : on parla d'abord de lui en moins bien, puis on parla moins de lui, et bientôt on n'en parla plus du tout, sinon pour dire : et si ce Gary n'était l'auteur que d'un livre? Ce Gary-là, il n'en fallait pas moins pour le piquer au vif. Pendant dix-huit mois il se lève avant l'aube, et sous les traits de Morel, un doux dingue, un *esperado*, il court à travers la brousse avec sous le bras une serviette en cuir bourrée de pétitions, puis prend les armes et le maquis pour sauver les éléphants d'Afrique. Quand il a fait suer le papier à raison de deux ou trois pages, il change de déguisement, revêt son costume de diplomate, et hop! il part faire un *vrai métier*.

78

Je n'avais pas lu *Les Racines du ciel* avant de commencer cette enquête. Au début c'est un peu long, un peu poussif, un peu touffu, ça se répète beaucoup – comme si Gary avait voulu suivre le précepte d'un ami écrivain qui un jour m'a dit sérieusement : Je commence tous mes romans par cinquante pages ennuyeuses. Pour décourager les cons.

Et peu à peu c'est un torrent qui vous emporte. Au chapitre XII, Morel est déjà dans la brousse. On le recherche. On le traque. On ne le trouve pas. On tient conseil pour faire le point. Il y a là des fonctionnaires de toutes sortes, un secrétaire général, un colonel, un officier, l'inspecteur des chasses, et bien sûr le gouverneur : «Le gouverneur, en grande tenue, mais débraillé, sortant sans doute de quelque réception, un mégot planté au milieu de sa barbe dont on ne savait pas si elle était roussie par le tabac, ou si telle était sa teinte naturelle (…) »

Elle vous rappelle quelque chose, cette barbe *roussie par le tabac*? Exact : comme la barbiche de Piekielny. Quatre ans avant la publication de la *Promesse*.

144

79

En avril 1956, le manuscrit des *Racines du ciel* est terminé. Quatre cent quarante-trois pages que Gary envoie rue Sébastien-Bottin par la valise diplomatique, et qui atterrissent sur le bureau de Michel Gallimard. Pas goncourable, pense le neveu de Gaston. Au contraire, rétorque Camus, l'ami de Romain. On publie, tranche Gaston, et advienne que pourra.

Advint le Goncourt. Enfin pas tout de suite, pas de sitôt. D'abord, on a commencé par le lui prédire, mais lui n'y croyait pas, ou du moins feignait-il de ne pas y croire, ce qui veut dire qu'il y croyait dur comme fer mais le gardait pour lui. On sait qu'à J-3 Gaston lui fit savoir par télégramme que Présence à Paris – STOP – Pendant attribution prix littéraires – STOP – Souhaitable – STOP. On sait aussi qu'à J-2 il était toujours à La Paz, mais on ne sait pas ce qu'il y fit. On dit enfin qu'à J-1 il se promena en pirogue sur le lac Titicaca, qu'il manqua s'étouffer avec le goulot d'une bouteille, qu'il en sortit sain et sauf mais qu'il s'endormit difficilement, cette nuit-là, qu'il y eut la lune puis de nouveau le soleil, ce qui finalement nous amène au jour J.

Ce matin-là en arrivant à l'ambassade il se regarde dans le miroir du vestibule. Comment est-il ? Comme un lundi. Cheveux peignés, ramenés en arrière, oreilles dégagées, rasé de frais, moustache si fine qu'on la croirait dessinée à l'encre de Chine. Pas mal, non ? Et ce look de parfait diplomate, ce costume noir à liserés gris, le nœud Windsor de sa cravate, si seulement sa mère était encore là pour le voir, toujours élégant, tiré à quatre épingles, beau comme un Gary. Mais elle n'est pas là, Mina Kacew. Pas plus à La Paz qu'à Paris où les rotatives tournent à plein régime, avalent le papier blanc sous l'œil comblé de Gaston, le mâchent et le recrachent aussitôt, lesté du poids de Morel et de son troupeau d'éléphants. Cerise sur le gâteau à la crème, on ceint la couverture d'un bandeau rouge avec écrit là-dessus, en gros caractères : PRIX GONCOURT 1956.

« Le Nobel, monsieur l'ambassadeur ! Le Nobel ! Vous avez le prix Nobel ! » À peine est-il dans son bureau qu'on l'accueille avec des points d'exclamation. Le Nobel ? Il y pense, bien sûr, pas simplement quand il se rase. Six ans plus tôt il l'a écrit dans une lettre à Louis Jouvet. Il lui dit, dans cette lettre, qu'il est heureux de savoir que Faulkner a eu le Nobel. Que d'ailleurs lui aussi voudrait beaucoup l'avoir un jour. Que l'ennui, cher Louis, c'est que je veux faire dans le génie. Que le talent me barbe, mais que le génie n'existe qu'à titre posthume – ce en quoi on ne peut pas lui donner tort (croit-on que si Proust, Nerval et Rimbaud vivaient aujourd'hui ils planeraient à mille lieues au-dessus du commun des mortels ? Croit-on vraiment qu'ils seraient unanimement encensés ? Ils auraient leurs thuriféraires, bien sûr, mais aussi leurs contempteurs : Proust serait loué dans tel journal et descendu dans tel autre ; dans les salons littéraires on passerait devant le bon Gérard et sa pile d'invendus pour faire dédicacer le dernier roman d'un chanteur à la mode ; un samedi soir à la télé le chroniqueur d'une émission se piquerait d'apprendre à Rimbaud ce qu'est la poésie, et Rimbaud comme il le fit si bien devant Carjat ferait la gueule, et alors il quitterait le plateau puis la France, délaisserait une fois pour toutes la vieillerie poétique, irait vendre des armes au plus offrant, moustachu de Damas ou barbus de Mossoul, se ferait tirer dessus, serait pourvu d'une jambe artificielle, une prothèse en titane qui battrait le pavé de Charleville sous les lazzis des Carolomacériens).

Le Nobel, donc. Gary voudrait l'avoir un jour. Si Faulkner l'a eu, tout est permis. Car Faulkner après tout, qui est-il, sinon le fils d'un quincaillier, un cul-terreux, un petit homme d'un mètre soixante-cinq et d'Oxford, Mississippi, entré dans la langue en Castelmarchois, à coups de hache. Et si Faulkner, se dit Gary, né dans la cambrousse confédérée chez les cagoules pointues, là où la nuit sous les grands chênes on pendait les *niggers* par les pieds, si William Faulkner a fait le voyage de Stockholm, il n'y a pas de raison que lui, « bâtard de la steppe », petit « Tartare mâtiné de Juif » né Roman Kacew au pays des pogromes, ne puisse un jour le faire aussi, non ?

Si. Donc le Nobel pourquoi pas, qui sait, mais pas pour si peu de livres dont si peu ont marché, et surtout pas si jeune, à quarante-deux ans, ce qui n'est pas assez vieux pour croire au père Nobel, alors il dit non, pas possible, je n'y crois pas. Et puis les télégrammes. Il en prend un au hasard, le lit, comprend la méprise : Lauréat Goncourt – STOP – Bravo – STOP – Se rendre à Paris sur-le-champ – STOP.

Il n'a pas le temps de sauter au plafond qu'aussitôt déboule un journaliste bolivien que j'imagine en imper beige et chapeau mou (mais il n'est pas exclu qu'il fît *couleur locale* et fût vêtu d'un simple poncho), une Chesterfield à la bouche, un stylo dans la main droite, et dans la gauche le petit carnet à spirale qui a tant fait pour le recrutement des jeunes gens dans la presse. Une réaction, *señor* Gary? *Señor* Gary jubile, il voudrait s'accroupir et danser la *kalinka*. Il est tellement heureux, si vous saviez. C'est une joie intense, violente, comme il en a peu éprouvé, une joie excessive qu'il laisserait volontiers éclater au grand jour. Et puis il se rappelle qu'il est diplomate, ancien combattant de la France libre, compagnon de la Libération. Il a été décoré par le Général en personne. Sous l'Arc de triomphe. Alors il se ressaisit, et avec une voix pleine de componction il dit simplement, je suis heureux.

Et puis il ajoute qu'il va prendre un avion dès que possible. Qu'il attend le prochain bulletin météo. Le journaliste lui demande quand il est né, où il est né, ses origines. En 1914, dit Gary qui reprend son pipeau : en Russie, d'un père acteur et d'une mère française. Le journaliste note. Gary se marre *in petto*. Ses premières lectures? À onze ans il a lu le *Quichotte*, à douze *La Chartreuse* mais il n'a rien compris. Ses influences littéraires? Malraux, Gogol et Kessel. Pas Balzac? Non, il me cause une sorte d'horreur. Et aujourd'hui que fait-il, en dehors de l'écriture? Consul général, monsieur. Écrivain diplomate. Comme Giraudoux. Comme Saint-John Perse. Comme Paul Morand. Et puis il se ravise : enfin, pas tout à fait comme Saint-John Perse. Et encore moins comme Paul Morand. Est-ce qu'il trouve la Bolivie à son goût? Bien sûr : il y a des lamas, des Indiens, des plateaux arides, des neiges éternelles, des villes mortes, des aigles, des vallées tropicales, des chercheurs d'or, des papillons géants et des ponchos boliviens, comment ne pas aimer ce pays? Et ce roman, alors, demande le journaliste, ça parle de quoi? Comment ça, lui dit Gary qui s'amuse, vous ne l'avez pas lu? C'est que, répond le journaliste un peu confus, je n'ai pas eu le temps. Bien, se dit Gary qui voit là une occasion de lui jouer un mauvais tour : ça parle d'un chasseur d'éléphants. Parfait, *muchacho*, pense le journaliste, je n'aurai pas à me farcir tes quatre cent quarante-trois pages pour rendre mon papier. *Muchas gracias*, conclut-il en serrant la main de l'écrivain, et bon retour à Paris. Sur quoi il rabat son carnet, capuchonne son stylo, ajuste son chapeau et tourne les talons.

Et puis Gary redevient Kacew. Il redevient le petit Roman et il se souvient de la cour de l'immeuble à Wilno. Des rahat-loukoums. Du regard d'un petit homme plongé dans le sien avec une muette supplication. Alors il pose le pipeau (mais le pose-t-il vraiment?), et surtout, dit-il au journaliste en le retenant par la manche de son imper (de son poncho?), surtout n'oubliez pas d'écrire qu'au n° 16 de la rue Grande-Pohulanka, à Wilno, habitait un certain M. Piekielny.

J'ignore si la requête fut entendue. Je sais seulement que le lendemain, en Une, les journaux boliviens titrèrent, sans préciser qu'il s'agissait là d'un écrivain français : *Premio Goncourt aquí* – « Le prix Goncourt est ici ». Et que son livre évoquait la vie d'un chasseur d'éléphants.

J'ignore même si Gary a bel et bien retenu le journaliste par la manche. Mais je me plais à penser qu'une jeune fille de Potosí ou de La Paz venue rendre visite à sa grand-mère un après-midi de soleil froid comme il peut l'être là-bas tout au long de l'année, fouillant une malle de photos et de lettres, puisse tomber fortuitement sur une pile de vieux journaux, en extraire un au hasard, l'ouvrir au hasard, y lire en lettres capitales ce nom de ROMAIN GARY qui peut-être lui dit vaguement quelque chose, et là-dessous, en minuscules, cet autre nom qui à coup sûr ne lui dit rien, étrange et princier, majuscule, étincelant, d'un certain *señor* Piekielny.

82

J'ignore enfin ce qu'aurait dit Mina Kacew en apprenant que son fils avait eu le Goncourt. Quand il publia pour la première fois, « imprimée sur toute une page, avec son nom en caractères bien gras », une nouvelle dans *Gringoire* – du temps où « le grand hebdomadaire parisien, politique, littéraire » commençait à peine à devenir le torche-cul qu'il deviendrait totalement par la suite –, sa mère glissa dans son sac le fameux numéro pour ne plus jamais s'en séparer, l'emportant même avec elle au marché de la Buffa : « À la moindre altercation, écrit Gary dans la *Promesse*, elle le sortait de là, le dépliait, fourrait la page ornée de mon nom sous le nez de l'adversaire, et disait : – *Rappelez-vous à qui vous avez l'honneur de parler!* Après quoi, la tête haute, elle quittait triomphalement le terrain, suivie par des regards éberlués. »

83

(J'étais sur le point d'achever l'écriture de ce livre quand, un dimanche d'octobre, j'allai rendre visite à mes parents. Ce jour-là se tenait la Grande réderie d'Amiens, un immense vide-greniers où l'on trouve de tout et de rien, surtout de rien, mais savait-on jamais : je décidai d'y faire un tour. Des milliers d'exposants vendaient pour trois francs six sous des objets de toutes sortes – vêtements d'occasion, DVD visionnés, faïence ébréchée, renards empaillés, et même, j'en ai vu, *sex toys* usagés –, et j'allais partir quand, sur une planche en bois montée sur tréteaux recouverte d'une bâche en plastique transparent – il faisait presque beau : il pleuvinait –, je vis, entre deux babioles et trois bibelots, une énorme collection de *Gringoire*. Je savais qu'en 1935 un jeune homme de vingt ans du nom de Romain Kacew y avait publié deux nouvelles, et qu'il s'agissait là de ses premiers écrits. Alors je commençai à fouiller le tas de journaux, d'abord sans trop y croire puis en y croyant de plus en plus, tournant chaque page de chaque exemplaire de l'année 1935 devant le regard indifférent puis curieux, puis déconcerté de l'exposant – que pouvais-je donc chercher dans ces vieilleries avec un tel empressement ? –, quand, au bout d'une trentaine de minutes, dans la partie inférieure droite de la page 13 du n° 342, daté du vendredi 24 mai 1935, vendu 0,75 franc et tiré à 476 500 exemplaires, je tombai sur cette publicité :

Gagnez du poids en trois semaines

Depuis trois semaines que j'ai pris la première boîte de Florentol, j'ai noté une augmentation de trois kilos, écrit Mlle V..., Blois (L.-et-Ch.). Le Florentol, composé de plantes et absolument inoffensif, étoffera votre silhouette, remplira vos joues creuses, fera disparaître vos salières. En même temps que votre poids augmente, vos forces seront accrues. La boîte

de 30 cachets : 16 francs. La cure complète (120 cachets) :
55 francs. Envoi franco par les Laboratoires P. Florentol,
11 ter, avenue de Ségur, Paris. Bochure gratis.

La lisant près d'un siècle plus tard, à l'époque des
régimes minceur et du triomphe de la silhouette famé-
lique, je la trouvai si cocasse que je faillis ne pas remar-
quer, juste au-dessus, « en caractères bien gras », le nom
de KACEW : je tenais dans les mains *Une petite femme*, sa
nouvelle « imprimée sur toute une page ». J'exultai
comme si je venais de découvrir le trésor de Rackham le
Rouge, demandai à l'exposant quel était son prix – une

somme si dérisoire que je lui en donnai le double et vis
passer dans ses yeux une lueur d'effarement, un je-ne-
sais-quoi de «décidément ce type est un fou» –, et je
m'en allai heureux, léger, mon exemplaire de *Gringoire*
sous le bras, jubilant comme Mina Kacew avait jubilé
dans les travées du marché de la Buffa, à Nice, au printemps 1935.)

84

Si l'on en juge par la réaction démesurée de sa mère
pour une simple nouvelle dans un hebdo, on peut se demander jusqu'où elle serait allée en apprenant qu'on avait
décerné à son fils le plus prestigieux des prix littéraires.
Elle aurait eu soixante-dix-sept ans, cette année-là. À cet
âge, on n'a plus l'exultation tapageuse de la jeunesse,
mais on peut encore sortir les bras en l'air devant l'hôtel-pension Mermonts, la mine triomphante, les larmes
aux yeux et dans les yeux le feu sacré de la revanche,
s'appuyer d'une main sur le pommeau de sa canne et de
l'autre esquisser le V de la Victoire, puis remonter tout le
marché de la Buffa, en gueulant d'une voix enrouée, je
vous l'avais bien dit, avant de marcher vers la plage, s'allonger les pieds dans l'eau et se laisser enivrer par le
soleil, bercer par le ressac, caresser par l'écume, avec
juste ce qu'il faut de vagues pour un supplément de frissons, regarder au loin, là où les bleus se délayent, où

l'immensité de la mer rejoint l'infini du ciel, puis fermer les paupières et s'endormir, pour toujours s'endormir dans l'ivresse du devoir accompli, le visage calme, serein, ennobli du sourire de ceux qui s'éclipsent le cœur léger, avec pour solde de tout compte la justification d'une vie.

85

Et qu'aurait dit ma mère si je l'avais soutenue, cette thèse à laquelle je me suis dérobé? Aurait-elle improvisé une danse de la joie devant les yeux écarquillés du jury? Après le blocage de la fac, je n'allais plus en cours mais je passais, chaque année, consciencieusement les examens. Un mois de révisions intensives me suffisait à faire illusion, et le reste du temps je lisais, j'écrivais. Après trois ans de labeur, j'envoyai un manuscrit à vingt maisons d'édition dont j'attendais vingt fois la gloire et vingt fois la fortune : ce furent vingt lettres de refus. Tu vois, dit ma mère, que l'écriture n'est pas pour toi. Et elle m'enjoignit de laisser là ces chimères, de regagner ce qu'elle appelait *le droit chemin du droit*. Elle avait peut-être raison : à le relire aujourd'hui, ce manuscrit, je m'étonne qu'aucun éditeur, par lettre recommandée avec accusé de réception, ne m'intimât l'ordre d'arrêter d'écrire sur-le-champ (j'imagine l'argument : Pour votre bien, jeune homme, et pour celui de la littérature).

Puis j'emménageai à Lyon pour y jouer au hockey; je

lisais toujours avec frénésie, mais pendant plus d'un an je fus incapable d'écrire une ligne et, du coup, comme j'avais un peu de temps, je commençai une thèse sur *L'exécution des sentences arbitrales internationales face à l'immunité d'exécution des États* (moi non plus, je ne sais pas vraiment de quoi il s'agit). À tous ceux qu'il lui arrivait de croiser, ma mère parlait de son fils docteur en droit, *futur* docteur, corrigeait-elle dans un souci de déontologie personnelle, enfin, ajoutait-elle, ce n'est qu'une question de temps : sa thèse est bientôt finie (ce qui bien sûr était faux). Et puis elle ne manquait jamais de préciser : il donne même des cours à la fac (ce qui pour le coup était vrai). Je me souviens encore de ce lundi matin d'octobre, où pour la première fois je me trouvai non pas dans une classe, mais *devant* une classe. J'avais vingt-trois ans, mes étudiants un peu moins ; je dus revêtir un costume pour me vieillir symboliquement. La moyenne d'âge, ce jour-là, fut sensiblement augmentée par la présence d'une jeune fille sexagénaire : elle s'était levée au beau milieu de la nuit, et elle avait fait la route Amiens-Lyon d'un seul trait pour assister à ce qu'elle appelait «ma leçon inaugurale», en vérité un cours de TD de droit international privé d'une heure et demie, devant une trentaine d'étudiants dont la moitié s'endormit avant la fin.

Aux plus méritants d'entre eux j'offrais des livres, avec l'espoir secret de les voir abandonner le droit pour des chemins de traverse – la littérature en est un. Tout allait pour le mieux dans le meilleur des mondes, et puis mon barème de notation s'ébruita, remonta jusqu'aux oreilles du doyen, dans le bureau duquel je fus convoqué. On me dit, dit-il, que vous faites réciter à vos étudiants des poèmes de Baudelaire, Lamartine et Rimbaud, que ces poèmes leur rapportent des points de bonus, et que ces points augmentent sensiblement leur moyenne, est-ce bien vrai ? Oui, dis-je, je plaide coupable. Il ne vous aura pas échappé qu'ici, reprit-il, c'est une faculté de droit, pas le Cercle des poètes disparus. Imaginez un instant qu'un étudiant s'estimant lésé porte l'affaire devant les tribunaux : cela pourrait nuire à notre réputation. Et moi, demandai-je naïvement, qu'est-ce que j'encours ? Pas grand-chose, dit-il, tout au plus un euro symbolique, en réparation du préjudice moral. Alors j'en donnerai deux, dis-je. En prévision.

Il n'y eut pas de procès. On me laissa toutefois entendre que je ferais mieux d'abandonner *momentanément* ma charge de cours pour me consacrer tout entier à ma thèse. Ce que je fis quelques mois, avant de délaisser peu à peu la doctrine, les notes de jurisprudence, les codes et les traités : je m'étais remis à écrire. Deux ans plus tard, j'envoyai mon manuscrit au n° 5 de la rue Sébastien-Bottin. J'étais à l'aéroport de Lyon, en salle d'embarquement, quand je reçus un mail de Jean-Marie Laclavetine, éditeur chez Gallimard. Je le lus d'un seul trait, sur le petit écran de mon téléphone, en tremblant, le souffle coupé. Puis je le lus à nouveau, lentement, ligne après ligne : j'allais être publié dans la Blanche. L'hôtesse de l'air, à qui je présentai mon billet, voyant mes yeux embués de larmes et croyant y déceler une phobie de l'avion, me dit de ne surtout pas m'inquiéter, *le vol allait bien se passer.* Quand quelques jours plus tard je lui annonçai la nouvelle, ma mère pleura, elle aussi.

Des larmes de tristesse. Elle me regarda longtemps, consternée, puis elle secoua la tête avant de lâcher : Mais qu'est-ce qu'on va faire de toi ?

86

Ce premier livre reçut quelques prix littéraires – pour des raisons que je ne m'explique pas mais ce sont, paraît-il, des choses qui arrivent. Je n'en tire aucune gloire, d'autres auteurs les méritaient tout autant ; je fus le plus chanceux, voilà tout. Pour autant je ne boudai pas mon plaisir : je n'avais pas de quoi m'acheter un appartement rue du Bac (ou alors, au prix de l'immobilier dans le VIIe arrondissement, trois mètres carrés tout au plus), mais je pus m'offrir un scooter – qui me fut dérobé deux ans plus tard, quelques jours seulement après avoir déménagé, ce qui m'épargna la corvée administrative du changement d'adresse sur la carte grise.

L'un de ces prix – à dire vrai ce n'était pas vraiment un prix mais une bourse, c'est-à-dire un prix par anticipation pour un livre encore à l'état de limbes dans l'esprit de l'auteur – était plutôt bien doté (disons un bon mètre carré). J'étais en lice avec deux jeunes écrivains – qui sont aussi des amis : l'un s'appelle Arthur, l'autre, vous le connaissez, Clément. Trois minutes avant la proclamation, nous fîmes une sorte de pacte : le lauréat reverserait une partie de ses gains aux deux autres. J'empochai la mise et, comme convenu, m'acquittai de la promesse : quelques jours plus tard, les deux candidats malheureux trouvèrent chacun dans leur boîte aux lettres un chèque signé de ma main. L'un s'offrit une machine à laver, l'autre une nuit en compagnie d'une call-girl (et que l'on ne compte pas sur moi pour dire qui a fait quoi, jamais je n'avouerai que les vêtements d'Arthur sont toujours impeccables). Ma mère accueillit la nouvelle avec circonspection : Une bourse ? Pour écrire ? Et le droit ?

Un autre prix, dit *de la Vocation* (un demi-mètre carré), me fut décerné depuis le toit-terrasse d'une grande entreprise sur les Champs-Élysées, avec vue sur l'Arc de triomphe. Ma mère s'épargna le déplacement : *Ton* Gary a été décoré par de Gaulle *sous* l'Arc de triomphe, et tu te contentes d'une vue *sur* l'Arc de triomphe ? Tu parles d'un triomphe ! Et ta seule vocation, c'est le droit.

Une fois, cependant, elle fit l'aller-retour Amiens-Paris. J'étais reçu ce jour-là *sous la Coupole*, où l'Académie française devait solennellement me remettre un bon quart de mètre carré. J'arrivai en retard quai de Conti, ma cravate à la main (je n'ai jamais su les nouer), et je retrouvai mon père qui me fit un nœud en bonne et due forme, entre deux rangées de gardes républicains sabres au clair, sous le battement des tambours. Ma mère était déjà à l'intérieur. Elle cherche quelqu'un, me dit mon père qui n'en savait pas plus – mais peut-être était-il de mèche avec elle. La cérémonie fut suivie d'un buffet. S'y trouvaient les lauréats, leurs familles et amis, les académiciens, en habit vert et bicorne, et ma mère, toujours aux aguets. Elle manigançait quelque chose. Je lui demandai si tout allait bien. Oui, oui, fit-elle, évasive, éludant ma question. Apparut alors Jean-Christophe Rufin. Il n'était pas *seulement* académicien. Pas *seulement* écrivain. Il avait fait des études, lui. Et de longues, avec ça. Médecine. Neuf ans au bas mot. Un type bien. Ma mère se rua sur lui : Dites à mon fils que la littérature, d'accord, mais qu'il devrait plutôt terminer sa thèse de droit. Je décidai ce jour-là d'abandonner ma thèse pour de bon.

87

Quand Gary fin décembre rentre enfin de La Paz, on le fête. Il descend à l'hôtel Pont Royal, tout près des éditions Gallimard. On le reconnaît dans la rue, les serveurs de chez Lipp lui donnent du *Monsieur le Goncourt*, il a tout Paris, quasiment tout Paris à ses pieds chaussés de Weston parfaitement lustrées, et comme cela, ma foi, n'est pas pour lui déplaire, il se dit pourquoi ne pas inviter tout ce beau monde à dîner ? Tout Paris débarque alors chez Jean de Lipkowski, boulevard Saint-Germain. De ce dîner je crois savoir à peu près tout ce qui peut être su : les vêtements que Gary portait ce soir-là, la couleur du tailleur de sa femme, le discours qu'il prononça, ses traits d'humour et ses coups de gueule, sa critique de la critique, le nombre et les noms des convives, ceux qui étaient invités mais ne sont pas venus (Albert et Jean-Paul), ce qui leur fut servi à manger et à boire, sous quels lustres, à quel étage et à quelle heure, et si j'en avais envie je pourrais tout à fait vous y emmener, à ce dîner, mais bon, ces soirées m'ont toujours un peu ennuyé et je suis déjà dans mon lit.

88

Comme tout un chacun l'écrivain reçoit du courrier, principalement des appels à cotisation mais parfois, cela arrive aussi, des lettres de lecteurs. La plupart sont flatteuses ; d'autres le sont un peu moins : on lui explique, point par point, avec exemples à l'appui, pourquoi on a détesté son livre, combien on s'est ennuyé à sa lecture, comment il aurait fallu qu'il procédât ; d'autres encore n'ont rien à voir avec ses livres : requêtes diverses et variées (j'écris, moi aussi, comment me faire éditer ?), questions intrusives (vous êtes célibataire ?), demandes en mariage assorties de photos dénudées, d'un post-scriptum équivoque (P.-S. : Vous êtes verseau et je suis vierge – une seule de ces deux assertions a trait à l'astrologie) ou beaucoup moins équivoque (P.-S. : J'ai rêvé, la nuit dernière, de votre plume dans mon petit encrier). D'autres enfin lui donnent des détails sur la mort de son père.

Ce fut le cas pour Gary, peu après son Goncourt : « Parmi les lettres qui m'étaient parvenues à cette occasion, il y en avait une qui me donnait des détails sur la mort de celui que j'avais si peu connu. Il n'était pas du tout mort dans la chambre à gaz, comme on me l'avait dit. Il était mort de peur, sur le chemin du supplice, à quelques pas de l'entrée. La personne qui m'écrivait la lettre avait été le préposé à la porte, le réceptionniste – je ne sais comment lui donner un nom, ni quel est le titre officiel qu'il assumait. Dans sa lettre, sans doute pour me faire plaisir, il m'écrivait que mon père n'était pas arrivé jusqu'à la chambre à gaz et qu'il était tombé raide mort de peur, avant d'entrer. Je suis resté longuement la lettre à la main ; je suis ensuite sorti dans l'escalier de la NRF, je me suis appuyé à la rampe et je suis resté là, je ne sais combien de temps, mon titre de chargé d'affaires de France, ma croix de la Libération, ma rosette de la Légion d'honneur, et mon prix Goncourt. J'ai eu de la chance : Albert Camus est passé à ce moment-là et, voyant que j'étais indisposé, il m'a emmené dans son bureau. L'homme qui est mort ainsi était pour moi un étranger, mais ce jour-là, il devint mon père, à tout jamais. »

89

En vérité, jamais Gary n'a reçu cette lettre. Son père n'est pas mort de peur sur le chemin de la chambre à gaz, comme il l'a si souvent prétendu.

D'Arieh-Leïb Kacew il existe quelques photos, dont l'une fut prise à l'époque où les mères apprennent à situer les Dardanelles et la Marne, la Somme et Verdun, les champs de betteraves et d'obus d'où leurs fils ne reviennent pas – ou s'ils reviennent, c'est un bras en écharpe, une jambe en charpie, la gueule cassée, le cœur de pierre et le corps garni de plomb. Lui est sur un autre front, à l'est, tout près des champs de bataille cosaques, en regard duquel les champs de bataille cosaques étaient des aires de jeux d'enfants. C'est un homme encore jeune, mobilisé dans l'armée russe impériale parmi vingt millions d'autres hommes encore jeunes. Il pose fièrement de trois quarts, la casquette à visière de cuir un peu de travers, les mains dans les poches de sa capote en gros drap, l'embonpoint sous le ceinturon et le torse bombé, l'œil dur encore trop doux pour la guerre. Il ne sourit pas. Cette photo, sans doute l'a-t-il glissée dans une enveloppe qu'il a aussitôt envoyée à sa femme, accompagnée peut-être d'une lettre dans laquelle il leur faisait mille baisers, à elle et à leur fils, tout en sachant que la lettre serait lue et la photo pieusement conservée, mais ne sachant pas que plus tard, après la guerre, l'autre guerre (puisqu'il y en aurait une seconde, non moins sauvage ni cruelle), au dos de cette photo, le fils écrirait ceci, en prenant soin de souligner trois fois le mot *père* : « Photo de mon père Léon Kacew, pendant son service militaire en Russie. Il est mort sur le chemin de la chambre à gaz. »

Et pourtant ce n'est pas vrai. De ce père, je ne sais comment parler. J'ai longtemps repoussé l'écriture de ce passage : je ne trouvais pas le ton juste. Y en a-t-il seulement un ? Je me contenterai d'être factuel. Début 1925, Arieh-Leïb Kacew quitte Mina, la mère de Roman, pour

Frida Bojarski, dix-sept ans de moins qu'elle. De cette union naissent deux enfants : Valentina, début juin 1925, et Pavel, en mars 1926. À la même époque, Roman et sa mère quittent Wilno pour Varsovie, puis pour Nice. Les années passent, et c'est la guerre : dans le ghetto de Wilno, pour échapper aux sélections, Leïb se fait ramoneur et se rajeunit de dix ans. Au mois de septembre 1943, Frida, Valentina et Pavel sont déportés au camp de Klooga, en Estonie. En septembre 1944, l'Armée rouge approchant, les nazis liquident le camp. Plus de deux mille prisonniers sont tués, certains d'une balle dans la nuque, d'autres arrosés d'essence et brûlés vifs. Parmi eux, Frida, quarante-huit ans, Valentina, dix-neuf ans, et Pavel, dix-huit ans.

Je ne sais si Gary détestait son père au point de lui ravir sa mort, ou si au fond il l'aimait secrètement, s'il l'aimait comme il le détestait, et si refusant de passer sa mort par pertes et profits il refusa tout autant de la raconter telle qu'elle fut. Mais il n'est peut-être pas inutile de rétablir la vérité : son père est mort en 1943 dans la forêt de Ponar, à dix kilomètres de Wilno, des mains d'un petit fonctionnaire de la Shoah préposé aux balles dans la nuque au bord d'une fosse, serviteur zélé de ces escadrons qui dans la langue des nazis – celle de Schiller et de Goethe et des *Lieder* et de la Neuvième Symphonie – endossaient le nom dont l'écho inlassablement nous écorche la gueule et nous arrache le cœur : *Einsatzgruppen*.

90

Début septembre 1939 dans la cour de la Grande-Pohulanka on ne parlait pas encore allemand. On parlait surtout polonais, yiddish, hébreu, un peu de russe mais pas trop. Or bientôt, du russe, on allait en entendre beaucoup, ce qui n'était pas du goût des habitants de Wilno : des rouges en kaki allaient s'installer dans leur ville, y séjourner longuement, et dire des mots comme *vodka* et *chapka* (je parle un peu le russe, comme on voit), tous les jours de la semaine y compris le dimanche qui s'écrit воскресенье. L'année 1939, justement, avait commencé un dimanche et ce dimanche, injustement, ceux qui à Wilno prédisaient une année difficile furent invités à garder pour eux leur avis. Les choses, n'est-ce pas, allaient finir par s'arranger ?

Pas vraiment. La paix n'était pas au programme. D'accord, fin 38 à Munich on lui avait sorti la tête hors de l'eau mais enfin, on l'y avait replongée aussi vite. *Si vis bellum, para bellum.* On l'avait voulue, cette guerre, on s'y était préparé comme il faut, si bien qu'aux pactes de non-agression avaient succédé des pactes d'assistance mutuelle en cas d'agression, résultat, quelques mois plus tard l'Allemagne occupait la Bohême-Moravie, la Hongrie occupait la Ruthénie, et sous les lambris dorés des chancelleries les diplomates occupaient leurs journées à s'échanger des missives : Fallait-il (vivement) déplorer, (résolument) regretter, ou (fermement) condamner les agissements du moustachu de Berlin ?

Et puis il y avait eu le fameux Pacte germano-soviétique, aux termes duquel rouges et bruns s'engageaient publiquement, en cas de conflit, à ne pas intervenir l'un contre l'autre, et en vertu duquel, en cas de victoire, ils se partageaient secrètement les parts du gâteau. Ce 23 août 1939, Ribbentrop et Molotov burent un pot de l'amitié. *Prost !*, dit l'un, sur quoi l'autre avait rétorqué : *Za vashe zdorovie !* Les deux avaient souri et maintenant, aux Juifs de trinquer.

91

« Les exclamations fusaient de toutes parts. La foule gronda et prit conscience de sa force » (…) "Qu'on pende toute la juiverie ! cria-t-on dans la foule. (…) Qu'on les noie tous dans le Dniepr, les païens maudits !" (…) Ces mots, lancés par quelqu'un dans la foule, passèrent comme un éclair sur toutes les têtes, et la foule se rua vers les faubourgs, décidée à massacrer tous les Juifs. (…) Les Juifs furent empoignés à bras-le-corps et on commença à les précipiter dans les flots. Des hurlements de détresse s'élevaient de toutes parts, mais les rudes Zaporogues ne faisaient que rire en voyant s'agiter désespérément des jambes juives chaussées de savates et couvertes de bas. »

Ces passages sont tirés de *Taras Boulba*, le premier roman de Gogol. La quatrième de couverture, dans l'édition que j'ai lue (laquelle en quelques lignes, au mépris du plaisir du lecteur, dévoile la totalité de l'intrigue), com-

mence par nous apprendre qu'il s'agit d'un « épisode imaginaire de la lutte des Cosaques contre les Polonais dans
l'Ukraine du XVIIe siècle ». Mais si l'on remplace le Dniepr
par la Vilnia, et qu'aux « rudes Zaporogues » on substitue
les Polonais, ils pourraient tout aussi bien s'appliquer, ces
passages, à Vilnius en avril 1919 quand, l'infanterie polonaise ayant repris la ville aux Soviets, les maisons juives
furent pillées, les magasins saccagés, les cimetières profa-
nés, cependant que les Juifs étaient soumis à divers raffi-
nements de torture, défenestrés, brûlés vifs ou noyés dans
la Vilnia, les mains liées dans le dos – trois fois rien, au
regard de ce qui allait arriver.

92

Moins d'un mois après le *Prost!* suivi du *Za vashe zdorovie!*, l'Allemagne avait envahi la Pologne, la France et la
Grande-Bretagne avaient déclaré la guerre à l'Allemagne, et les Soviets étaient entrés dans Wilno. La
guerre, Piekielny connaissait. Il l'avait vue de près, en 14.
C'est elle, peut-être, qui l'avait jeté dans Vilna, à moins
que ne s'y trouvant déjà il y fût resté, vivant de rien, de
charité, d'un peu de pain, d'un peu de kvas qui fait
office de pain quand le pain vient à manquer, à moins
encore qu'il ne fût de ces *mineurs westphaliens*, envoyés
plus souvent de force que de gré se noircir la gueule par
cent mètres de fond sous la terre de la Ruhr, ou qu'il ne

se fût improvisé docker dans l'un des ports de la Baltique, où le beau livre d'Henri Minczeles m'apprend que pour trente pfennigs par jour vous pouviez charger puis décharger des cargaisons, à moins peut-être qu'il ne fût moins chanceux et fît partie du bataillon de cinq mille recrues juives «semblables à des bagnards, vêtues de guenilles, escortées par des gendarmes», chargées d'«abattre des arbres, les dégager, les acheminer dans des clairières», à moins enfin qu'on ne l'eût expédié sur le front, qu'il ne fût, comme le père du petit Roman, de ces jeunes hommes arrachés à leurs mères, à leurs femmes – si dans leur malheur ils avaient connu ce bonheur ineffable –, parmi ces gamins de vingt ans qui dans leurs mains calleuses n'avaient jamais tenu qu'une faux, et qui bientôt furent chaussés de brodequins, coiffés d'un képi, harnachés d'un havresac, encombrés de tout un barda et encouragés à boucher de leurs poitrines héroïques l'embrasure des canons ennemis, avec dans leurs mains tremblantes un simple fusil prolongé d'une baïonnette – et si tel fut le cas, dans quelle mesure avaient-elles tremblé, ces mains, quand ayant mis en joue un casque à pointe on l'avait sommé de tirer? On ne le saura jamais. Mille histoires peuvent être tramées mais la guerre, c'est certain, Piekielny connaissait, et elle pouvait recommencer, la guerre, rien ni personne – pas même les Soviets – ne l'empêcherait de ne pas jouer du violon en regardant les étoiles.

93

Pressentant le coup de Jarnac qu'ils n'avaient pas encore appris à nommer *Opération Barbarossa*, les Soviets, au printemps 1941, commencèrent à déporter massivement en Sibérie : rien qu'à Wilno ils furent trente mille – dont six mille Juifs – à être envoyés vers l'est comme «éléments antisoviétiques» – la définition étant assez vague pour englober ceux qui l'étaient farouchement, ceux qui l'étaient modérément, ceux qui ne l'étaient pas mais qui étaient *susceptibles* de l'être, et l'élargir à ceux qui avaient joué de malchance, qui faute d'un portemanteau avaient posé leur chapka sur un buste de Lénine, ou qui avaient fait en public une remarque inoffensive sur la longueur des moustaches du Père des peuples, au point que nul n'étant à l'abri, personne ne pouvant être assuré d'échapper au Goulag, tous s'accordaient pour dire qu'un jour ou l'autre ils seraient du voyage : il y avait d'un côté ceux qui pensaient qu'on les mettrait dans des wagons à bestiaux, direction la Sibérie ; et de l'autre ceux, moins optimistes, persuadés qu'on les y enverrait à pied. Mieux valait en rire qu'en pleurer, alors on racontait des blagues là-dessus, comme celle, bien connue, qu'a dû entendre Piekielny au mois de juin 1941, de ces trois prisonniers du Goulag qui discutent entre eux :

— Dis-moi, camarade, comment t'es-tu retrouvé ici ?

— À cause du boulot, dit le premier. Un matin, je suis arrivé en retard : j'ai pris dix ans de travaux forcés pour sabotage au profit de l'ennemi.

— Moi, dit le deuxième, je suis arrivé en avance : j'ai

pris dix ans pour espionnage au profit de l'ennemi. Et toi?

— Oh moi, dit le troisième, tous les matins j'étais à l'heure.

— Et alors?

— Alors j'ai pris dix ans pour conformisme petit-bourgeois.

Et j'aurais pu l'y envoyer, en Sibérie, mon Piekielny, j'aurais pu le faire monter dans les convois s'ébranlant depuis Wilno pour les plaines blanches de la taïga où les troncs des bouleaux étaient blancs, eux aussi, mais pas de neige, blancs parce que les *zeks* affamés en grattaient l'écorce qu'ils mangeaient, avant de s'effondrer dans ces baraques où l'on s'entassait du sol au plafond sur un minable châlit, pauvres baraques en bois cernées de barbelés, de miradors où logeait Dieu qu'en ce temps-là on aurait vainement cherché dans les bulbes ou les branches des étoiles, j'aurais pu, oui, mais de tout cela je veux l'épargner car c'était un frileux, Piekielny, alors je l'abandonne ici, dans la cour de la Grande-Pohulanka sous les nuages rouges et bruns qui s'amoncellent au-dessus de Wilno, et je reviens à Gary qui me parle.

94

C'est qu'il aimait parler, Gary. Surtout de lui. À la radio, à la télé, aux oreilles des jeunes filles sur l'oreiller, au café entre amis ou à sa mère, *ad patres in petto*. Il m'arrive de rêver que j'étais à Paris dans les années 60, disons en 63, au début de l'automne, et qu'il était mon ami.

Je lui aurais donné rendez-vous à dix-neuf heures du côté de l'Odéon, dans un de ces cafés qui aujourd'hui n'existent plus, au Condé par exemple. Je serais arrivé, comme toujours, avec un retard de dix minutes (je suis d'une inflexible ponctualité dans mes retards). Je l'aurais attendu. Et puis j'aurais fini par le voir apparaître, discrètement, en poncho mexicain, invoquant je ne sais quoi pour justifier son propre retard, raseur l'ayant reconnu dans la rue ou groupie retrouvée sur son paillasson, offerte, à demi nue, et il m'aurait donné une poignée de main virile suivie d'une tape amicale dans le dos, puis il aurait choisi une table au fond de la petite salle, loin des habitués, et puis non, finalement, allons plutôt en terrasse. Alors il aurait jeté un œil sur la carte, apostrophé le garçon, lui aurait dit dites-moi, mon brave, l'addition est salée, ici, les plats c'est de l'érotisme mais les prix, de la pornographie ! Et puis il m'aurait dit comment vas-tu, mon vieux, ça fait quoi, cinq ans, six ans qu'on ne s'est pas vus ? Sept ! Après la sortie des *Racines* ? Mon Dieu que le temps passe… Si tu veux mon avis, ce salaud, c'est du côté des voleurs qu'il faudrait le chercher.

Je n'aurais rien dit. Il aurait continué de parler.

C'était l'époque où Kléber Haedens m'avait bien cherché, tu te rappelles, dis, tu te rappelles les horreurs qu'il écrivait ? «Nous avons le regret, mais aussi le devoir de le dire, Romain Gary ne sait pas le français, et si le héros des *Racines du ciel* fonde un comité pour la défense des éléphants, nous pensons qu'il est dès maintenant nécessaire de fonder un comité de défense de la langue française contre Romain Gary. » Je t'en foutrais, des comités de défense de la langue française contre moi-même ! On ne peut pas lâcher un troupeau d'éléphants à travers l'Afrique, évoquer la sueur, la brousse, la forêt vierge, les aventuriers, et raconter tout ça dans le langage de la princesse de Clèves et de la duchesse de Guermantes ! Ils ne comprennent pas que je plonge mes racines littéraires dans mon métissage ? Que je tire ma substance nourricière de mon bâtardisme dans l'espoir de parvenir à du nouveau, de l'original ? Que je voulais écrire un livre dur, brutal, réaliste, quelque chose qui ait beaucoup de force ? Et que si j'avais léché le style, le livre serait devenu froid comme une allégorie, une œuvre formelle, dans le genre de Poe, d'Alain-Fournier, de Julien Gracq ? Je cherchais la puissance, nom de Dieu ! Mais de là à dire que je ne sais pas le français ! Si le Goncourt ne suffit pas, j'ai obtenu pendant sept ans le premier prix de français au lycée de Nice. Qu'ont-ils à dire contre ça, Kléber Haedens et consorts ? Je vais te dire, au fond, ce qui les emmerde, ce qui les emmerde au plus profond, ces salauds de critiques… Ce qui les emmerde, puisque j'ai décidé d'être vulgaire, c'est qu'un bâtard ait eu le Goncourt au nez et à la barbe de bons Français. Car non, je n'ai pas une goutte de sang français. Mais c'est la France, mon vieux, c'est la France elle-même qui coule dans mes veines.

Et en tant que représentant de la France, ce que je préconise, ce que j'appelle de mes vœux, c'est le roman total, rien de moins. Mais voilà, par les temps qui courent, il vaut mieux faire dans le roman totalitaire, celui qui domine l'histoire de la fiction en Occident depuis Kafka. Totalitaire? L'opposé du total : soumission au lieu de maîtrise. Kafka, Céline, Camus, Sartre enferment l'homme et le roman dans une seule situation, une seule vision exclusive. Ils nous clouent dans la fixité absolue et donc autoritaire, irrémédiable, de leur définition sans appel, dans une condition sans sortie : Kafka dans l'angoisse de l'incompréhension, Céline dans la merde, Camus dans l'absurde, Sartre dans le néant… Il y a bien pire, tu me diras, que le roman totalitaire : le roman sans chair et sans viscères, celui qu'on appelle avec pompe *nouveau roman*… On voit à quoi ça mène : on commence par exclure le personnage dans le roman, et on finit par massacrer six millions de Juifs. Comment ça, j'exagère?

Pour l'heure, je me cantonne au bon vieux roman. Total, donc. Après les *Racines*, j'ai publié une satire contre l'ONU, mais pas sous mon nom, non, sous celui, tiens-toi bien, de Fosco Sinibaldi. Pas mal, n'est-ce pas? Enfin, je parle du pseudonyme… Parce que le livre n'a pas du tout marché. Finis, les pseudos, on ne m'y reprendra plus. Puis je me suis mis à écrire *Lady L.*, directement en anglais, un triomphe aux États-Unis ! Il vient de paraître en France, et figure-toi que de Gaulle a aimé. C'est très inspiré de Lesley, ma femme, mon ex-femme, car tu sais sans doute que nous avons divorcé. Eh oui, que veux-tu, elle m'étouffait. On ne se comprenait plus. Il faut dire qu'on parlait la même langue. La barrière du langage, c'est quand deux personnes parlent la même langue. Plus moyen de se comprendre. Il faut dire aussi qu'on était mariés depuis dix-sept ans, et en dix-sept ans, le vase se remplit petit à petit. La vérité, c'est qu'il y a une quantité incroyable de gouttes qui ne le font pas déborder, et puis un jour, qu'on le veuille ou non, il déborde, et là c'est fini, kaputt, on peut tirer un trait sur l'amour – même si je ne comprends toujours pas qu'un amour puisse finir : ça jette le discrédit sur toute l'institution.

Je passe du coq à l'âne, mais sais-tu que la *Promesse* va être adaptée au cinéma? Piekielny? Bien sûr qu'il a existé! Une barbiche, oui. Roussie par le tabac. Une redingote? Possible, oui. Tout cela est si loin. Du violon? En tout cas je ne l'ai jamais entendu. Au Mexique, oui, fin 58. Pendant nos dernières vacances avec Lesley. Chambre 184, en effet, mais dis-moi, tu es bien informé!

Oh, regarde ce chien! Le seul endroit au monde où l'on peut encore rencontrer un homme digne de ce nom, c'est le regard d'un chien. Les Kennedy aussi ont un chien. Il s'appelle Pushinka. Comment je le sais? On a été reçus à la Maison-Blanche, il y a deux mois. Un grand homme, ce Kennedy! De la trempe du Général. Un de ces hommes providentiels auxquels il ne peut rien arriver. Jean était ravie de rencontrer Jackie.

Un ange blond. Jean, pas Jackie. Oui, elle était déjà mariée quand je l'ai rencontrée. Un jeune Français, avocat et noceur, qui tenait absolument à rencontrer le consul. Il est venu flanqué de sa femme, il est reparti sans, et voilà comment Jean Seberg est entrée dans ma vie. Un cœur pur. Du Midwest, oui. Marshalltown, Iowa. Le trou du cul des États-Unis d'Amérique, comme tu dis. Plus paumé, on fait pas – hormis peut-être Wilno. Non, je n'y suis jamais retourné.

Ah, tu l'as vue dans Preminger? Et aussi dans Godard?

Mais dis-moi, tu passes ta vie au cinéma ! Une coupe à la garçonne, un grand front, une ravissante petite fossette à la joue gauche. Si elle est grande ? Haute comme trois pommes. Si c'est une vraie blonde ? Comme les blés. Non, elle ne s'offusque pas des expressions toutes faites. Son accent ? À croquer. Parfois, elle me dit : Je vous wegade jousqu'à ce que vous ne me wegadiez plou. Mais moi, je pourrais la regarder pendant des heures, la petite. Elle aime Brando, James Dean, la justice, l'égalité, les vieux écrivains français… Je sais bien. Vingt-cinq ans de moins, mais dans ses bras je redeviens Romouchka. Et Dieu sait que j'y suis, dans ses bras. Elle est insatiable. Si je baise ? Je n'ai jamais autant baisé de ma vie ! Je baise, mon vieux, je baise tant que je ne trouve plus le temps d'écrire. Je ne devrais pas me plaindre : arrive un moment, dans la vie, où on finit par vous annoncer, comme ces pancartes aux sorties des stations de métro : au-delà de cette limite votre ticket n'est plus valable.

On est faits du même bois, elle et moi. Deux désespoirs qui se rencontrent, ça fait un espoir, non ? Je l'aime, tu sais. C'est fou comme je l'aime. Et quelqu'un à aimer, par les temps qui courent, c'est de première nécessité. Elle est comme toutes les femmes, bien sûr, un peu envahissante. Mais surtout lorsqu'elle n'est pas là. Il faudrait que tu la voies, le matin, à l'aube, émerger des draps et des oreillers comme d'une bataille de cygnes. À ces moments-là je suis le plus heureux des hommes. Il ne faut pas avoir peur du bonheur, tu sais, c'est seulement un bon moment à passer.

95

Et puis il m'aurait dit mille autres choses, son abandon momentané de la Carrière, ses déboires au théâtre, ses envies de cinéma, les tournages de sa femme, enfin, ma future femme, aurait-il précisé, son voyage en Inde et celui au Japon, sa dernière lubie pour la peinture, le festival de Cannes, Sophia Loren et Romy Schneider, ses lectures, Gogol, encore et toujours, mais enfin, aurait-il conclu au bout d'une heure à ne parler que de lui, assez parlé de moi. Tu as lu mon dernier livre ?

96

Toutes ces phrases, quasiment toutes ces phrases que je mets dans sa bouche, il n'est pas impossible qu'il les eût prononcées : la plupart sont de sa main, on peut les trouver dans ses écrits. Quant à ne parler que de lui pour finir par « assez parlé de moi » avant d'enchaîner sur ses livres, il était coutumier du fait. Alors pour l'emmerder je ne lui aurais pas dit un mot de son livre, non, je lui aurais simplement demandé : Tu as vraiment rencontré Kennedy ?

97

C'est un soir de juillet 1963 dans la Maison-Blanche, le *wedding cake* de la Pennsylvania Avenue, à Washington D.C. Autour de la table ils sont censés être six : John Fitz-gerald Kennedy, dit *Mr President*, sa femme Jacqueline, dite Jackie, le rédacteur de ses discours Richard Good-win, dit Dick, accompagné de son épouse Sandra, dite Sandy, Roman Kacew, dit Romain Gary, et Jean Seberg, dites donc, où sont-ils ces deux-là ?

La veille au soir on a prévenu l'écrivain et la star hol-lywoodienne que l'homme le plus puissant du pays le plus puissant au monde les attendrait chez lui le lende-main, à 20 heures tapantes. Ne soyez pas en retard, les a-t-on mis en garde, la ponctualité est la politesse des rois, et le président des États-Unis à sa façon en est un. Pas d'inquiétude, a répondu Gary, nous serons même en avance, et le jour J à l'heure dite ils ne sont pas encore là. Kennedy consulte sa montre – une Omega en or jaune, dix-huit carats, gravée à son nom – dont l'aiguille indique 20 h 05. Bon, pense-t-il, ils ne manquent pas de culot, ces deux-là. À 20 h 10 il fait les cent pas dans le Bureau ovale. Il y a là un drapeau américain, un globe sur trépied, une maquette de voilier, des dents de requin, deux trois bibelots présidentiels, un téléphone qui n'est pas rouge, quelques dossiers confidentiels et John-John, chut ! caché sous le bureau. À 20 h 15, de retour dans le salon il tape au sens propre du poing sur la table (trois secondes plus tard, Alexander M. Irlesse, sismologue à Perth, enregistre une secousse infime). Il vaut mieux pour eux qu'ils aient une bonne excuse, se dit Kennedy à 20 h 20. À 20 h 30, leur seule excuse, c'est d'être morts. Pas de chance, ils sont encore en vie et finissent par arriver, un peu gênés mais enfin, les embouteillages, vous savez… Kennedy s'apprête à les tancer vertement, et puis il voit le sourire de Jean, la fossette de Jean, les yeux bleus de Jean, les seins de Jean et surtout, surtout le petit cul de l'actrice parfaitement moulé dans son… Jean, dit Gary à sa fiancée, tirant le Président de sa rêverie, raconte à nos hôtes ce qui nous est arrivé à New York. C'est tout bête, dit-elle, nous avons raté notre avion : nous pensions que le vol pour Washington partait de *LaGuardia* alors que c'était d'*Idlewild,* explique-t-elle, candide, à JFK – qui n'est pas encore le nom de l'aéroport. Nous sommes vraiment confus, ajoute-t-elle, essoufflée. Ce n'est rien, ce n'est rien, répond Kennedy qui reprend ses esprits, et puis il les invite à rejoindre le reste des convives au salon. Après vous, fait-il en leur indiquant le chemin. Quel gentleman, se dit Jean en passant devant lui. Quel cul, se dit John en la voyant passer, cinq pieds deux pouces juchés sur des talons. Quelle histoire, se dit Gary qui pense à sa mère. Si seulement elle me voyait ici, habillé comme un lord, la plus belle femme du monde à mon bras et à la table d'un roi, elle reniflerait bruyamment, pleine de satisfaction, et puis d'un geste théâtral, sans lâcher sa Gauloise, elle ouvrirait ses petits bras grands comme le monde, et alors elle attendrait que son fils s'y réfugie pour le couvrir de baisers. Victor

Hugo, dirait-elle, les larmes aux yeux. Mon fils est devenu Victor Hugo !

Mais elle est morte, continue à se dire Gary, et je ne suis pas Victor Hugo. Je ne suis qu'un vulgaire… Écrivain, dit Kennedy voyant Gary perdu dans ses pensées, moi aussi, j'aurais voulu être écrivain ! Je veux dire, n'être que cela. Car j'écris, vous savez. Je viens d'ailleurs de mettre le point final à un livre. Le précédent, fanfaronne-t-il, a remporté le Pulitzer. L'équivalent, je crois, de votre prix *Gun-coort*. Et il lui parle du titre (*Profiles in Courage*), du genre (biographie), du sujet (le courage politique de huit sénateurs américains), de la date de parution (1956), de l'éditeur (Harper & Brothers), du nombre de pages (deux cent soixante-douze), mais il omet toutefois de préciser qu'il n'en a pas écrit une ligne (il ne veut pas l'assommer de détails). Ah, fait Gary qui n'est pas dupe, nous sommes donc là entre collègues. Vous lisez beaucoup ? demande-t-il au Président. Oui, dit Kennedy. Des auteurs français ? Oui, dit Kennedy, j'ai d'ailleurs sur mon bureau un petit livre de… Vous savez, cet écrivain qui s'est tué sur la route, il y a trois ou quatre ans… Ils étaient deux dans la voiture… *Damn*, lâche-t-il, son nom m'échappe. Albert Camus, dit sa femme qui s'immisce dans la conversation. Et puis elle ajoute : Merci qui ? Merci Jackie. Et Michel, continue Gary, Michel Gallimard, le neveu de Gaston, mon éditeur : c'est lui qui tenait le volant.

Bien, continue Kennedy qui ne veut pas s'appesantir sur le sujet – il a d'autres chats à fouetter que la mort (on est à mille cent trente miles et quatre mois de Dallas, mais lui est à mille lieues d'y penser). Alors il sourit du sourire de ceux à qui la vie a souri, et il parle de cinéma avec Jean. J'ai vu *À bout de souffle*, dit-il en français. *I loved it*, poursuit-il en anglais. Et aussi *Les Quatre Cents Coups*. Twoofo (il veut dire Truffaut) mériterait une rue à son nom. Vos enfants vivent dans des rues qui s'appellent rue Anatole-France, boulevard Victor-Hugo, avenue Paul-Valéry : ils commencent dès leur plus jeune âge à sentir l'importance de l'Histoire et de la culture. Chez nous, il n'y a que des *Main Street* et des *Broadway*. Pourtant, nous avons assez de grands noms pour remplacer tout cela : «Square Hemingway», «Melville Boulevard»… J'aimerais bien qu'un gosse revienne à la maison pour dire à sa mère, qui le gronde parce qu'il est en retard : «J'ai joué au base-ball dans la William Faulkner Avenue.»

Et Gary écoutant Kennedy se dit que peut-être, un jour, il y aura quelque part une avenue Romain-Gary, ou une place, ou tout au moins une rue. Il la verrait bien dans le VIIe arrondissement, ou alors du côté des écoles, dans le Quartier latin, ou pourquoi pas sur l'île Saint-Louis, on verra, n'importe où mais surtout pas dans le XVe, pense-t-il cependant qu'un serveur noir en gants blancs lui apporte une coupe de champagne. Il n'a jamais supporté le XVe, insipide, sans saveur, aucune âme, et puis si loin de tout qu'il doit y avoir du décalage horaire, non, vraiment, s'il fallait raser un arrondissement de Paris pour en faire un parking, il voterait des deux mains pour… Le XVe amendement de la Constitution, continue Kennedy en voyant le serveur qui s'éloigne, garantit le droit de vote à tous les citoyens des États-Unis. Il a été ratifié il y a presque cent ans, et pourtant, dans ce pays, on continue à empêcher les Noirs de voter. J'ai dû imposer l'admission d'étudiants noirs à l'Université d'Alabama, État dont le gouverneur a pour credo, tenez-vous bien : « La ségrégation pour toujours ». C'est honteux, dit Jackie. Dégueulasse, renchérit Jean. Excellent, dit Gary (il vient de goûter au champagne). Je ne bois jamais, ajoute-t-il, mais ça n'est pas tous les jours qu'on trinque avec le président des États-Unis, n'est-ce pas ? Alors je fais une entorse à la règle. Pour moi, ça sera de l'eau, précise la première dame enceinte jusqu'au cou – cerclé d'un collier de perles à deux rangs qui a coûté un bras au contribuable. Et alors elle pose une main sur son ventre, arrondi sous sa robe Givenchy (deux bras), et puis elle se lève, saisit sur la cheminée une petite sculpture précolombienne, la considère longuement puis la montre à ses invités : cadeau d'André Malraux, précise-t-elle, c'est une déesse de la fertilité. Il ne pensait pas si bien dire…

Cigare ? demande Kennedy. Avec plaisir, répond Gary. Volontiers, dit Goodwin (il est encore ici, celui-là ? On l'avait oublié). Alors les hommes se retirent dans le petit salon pour fumer. Le majordome leur propose un choix de cigares, exclusivement *made in USA*. Non, se dit Gary, pas possible, les cigares, les vrais, ça vient de Cuba. Et puis il se souvient que se trouve, dans la poche intérieure de sa veste, son étui à cigares. Or il sait qu'on y trouve, dans cet étui à cigares, des havanes importés clandestinement de Cuba. Mais il sait aussi qu'il n'y a pas si longtemps l'administration Kennedy a étendu l'embargo. L'importation de produits cubains est depuis rigoureusement interdite. Bon, pense Gary, je fais quoi ? Ça serait dommage, tout de même, de les laisser au fond de ma poche, l'occasion est trop belle. Mais si je les sors, que va penser Kennedy ? Alors il hésite, pèse le pour et le contre, et puis merde, se dit-il, il ne va pas nous chier une pendule pour quelques feuilles de tabac roulées chez Fidel (il lui arrive d'être grossier, on l'a dit). Alors, un peu brusquement, gauchement, il sort son étui de sa poche comme une épée d'un fourreau, et cependant qu'il fait le geste – qu'il se voit le faire, au ralenti, comme en rêve –, il se demande s'il n'est pas en train de jouer sa carrière, s'il n'est pas en train de se faire seppuku mais tant pis, *too late*, il s'entend dire au Président : Un *vrai* cigare ?

Kennedy ne dit rien, Gary retient son souffle, un peu inquiet, craignant la rebuffade et l'incident diploma-tique. Une seconde, deux secondes, une éternité, Kennedy ne dit toujours rien (il veut lui faire payer le retard de tout à l'heure) et Gary, érubescent, ses cigares à la main, devient peu à peu écarlate – au point qu'il finit par se confondre avec le ruban épinglé au revers de sa veste. Quel con, se dit-il, mais quel con. A-t-on idée de proposer au président des États-Unis d'Amérique un cigare dont il a lui-même interdit l'importation ? Comme si, pense-t-il, un attaché d'ambassade près le Saint-Siège, convié au Palais apostolique un dimanche après les vêpres, ivre de sang du Christ et grisé par les nus de Michel-Ange, offrait, entre la poire et le fromage, les ser-vices d'une pute au Saint-Père. Quel con, mais quel con, se répète l'écrivain tandis qu'inlassablement tourne l'ai-guille sur l'Omega du Président.

Volontiers, finit par répondre Kennedy. Merci Eugène, fait-il au majordome qui patiente, stoïque, avec ses petits cylindres américains, mais nous allons déguster les havanes de notre ami. Tu peux remballer ta camelote, pense Gary qui reprend peu à peu des couleurs – ou plutôt qui les perd, et de grenat repasse au blanc. Je ne fume jamais de cubain, dit Kennedy (il ment), mais ça n'est pas tous les jours qu'un écrivain français vous en propose, n'est-ce pas ?

Et puis il se saisit du cigare, le palpe un peu, en connaisseur, le porte à son nez, en coupe la tête, le fume à cru, le tient entre son pouce et son index, fait craquer une allumette, approche le pied de la flamme et le fait pivoter, le porte à ses lèvres, tire deux bouffées, se passe une main dans les cheveux et conclut : notes terreuses, herbacées, saveurs boisées, beaucoup de tonus, Montecristo n° 4, *isn't it* ? Bon, dit Gary, je vois qu'on ne peut rien vous cacher. Pas en matière de cigares, répond Kennedy, et pour le reste, j'ai les services secrets. Savez-vous, continue-t-il, pourquoi on les appelle Montecristo ? Oui, dit Gary, dans les fabriques, pour tromper l'ennui des petites mains qui les confectionnaient, un contremaître leur lisait des romans. Leur préféré, dit-on, dit-il, était celui d'Alexandre Dumas, *Le Comte de Monte-Cristo*. Bon, dit Kennedy, je vois qu'on ne peut rien vous apprendre. Pas sur Dumas, rétorque Gary, et pour le reste, j'ai des livres.

Et puis la conversation roule sur l'Afrique et les Peace Corps (le dada de Goodwin), sur le général de Gaulle (le dada de Gary), sur les femmes (le dada du Président), sur la petite boule de poils venue se faufiler entre ses jambes (Pushinka, dit Kennedy, le chien de ma fille Caroline. Cadeau de Khrouchtchev. Sa mère est allée dans l'espace. Je parle de Pushinka, plaisante-t-il, pas de Khrouchtchev), sur son discours en juin, à Berlin-Ouest (et là je dis, dit Kennedy, *Ich bin ein Berliner*), bref, l'atmosphère est détendue, bon enfant, on boit du scotch en fumant des havanes, Goodwin se lève pour pisser, Kennedy sourit, ressert un verre à Gary, et Gary, enjoué : À propos du mur, justement, j'en ai une bonne. Trois prisonniers du Goulag discutent entre eux : Dis-moi, camarade, comment t'es-tu retrouvé ici ? À cause du boulot, dit le premier. Un matin, je suis arrivé en retard : j'ai pris dix ans pour sabotage. Moi, dit le deuxième, je suis arrivé en avance : j'ai pris dix ans pour espionnage. Et toi ? Oh moi, dit le troisième, tous les matins j'étais à l'heure. Et alors, demandent les deux autres ? Alors, dit-il, on m'a accusé d'avoir acheté ma montre à l'Ouest. (Rire de Kennedy. Sourire de Gary.)

Et puis les deux ne rient plus et se taisent. Ils tirent sur leurs cigares avec mélancolie, Gary les regarde se consumer lentement, partir en fumée, tomber en cendres, comme Piekielny, pense-t-il, et il se souvient de sa promesse. Alors comme ça, l'air de rien, à mi-voix, l'écrivain glisse au Président : « *In the Grande-Pohulanka Street, at number 16, in Wilno, Mr President, lived a certain Mr Piekielny.* »

Kennedy ne comprend pas, lève un sourcil, reste coi, comme s'il observait une minute de silence à la mémoire du petit homme, et à nouveau il tire sur son havane. Il a le regard un peu vague, Gary est suspendu à ses lèvres, mais le Président ne les ouvre à intervalles réguliers que pour y porter le petit foyer rougeoyant – peut-être essaye-t-il de communiquer à la façon des Indiens, par des signaux de fumée ?

Alors Gary l'imite, ne dit rien, porte lui aussi son cigare à ses lèvres et, entre deux bouffées, il dessine en lettres de fumée le P puis le I, le E, le K, jusqu'au Y de P-I-E-K-I-E-L-N-Y, et c'est ainsi que s'achèvent, dans cette tabagie mémorielle, dans le souvenir enfumé de la gentille souris de Wilno, les agapes entre deux grands de ce monde.

98

Sept mille trois cents kilomètres à l'est de Washington D.C., vingt-deux ans plus tôt, le 23 juin 1941 pour être exact, c'est Vilnius tout entière qu'enveloppait la fumée – celle-ci seulement venait du ciel, un beau ciel bleu de Prusse sans un nuage mais avec des avions, qui depuis la veille à midi larguaient bombes et *Diables verts* sur la ville.

Des maisons s'écroulaient ; le Pont Vert était en feu ; l'Armée rouge était en fuite. Des milliers de soldats battaient en retraite cependant qu'aux Messerschmitt succédaient des Panzer, aux Panzer des bataillons de motocyclistes, et en quelques heures ce fut réglé, on vit apparaître des casquettes à visière noire, des vareuses gris-vert avec au col les lugubres ornements que l'on connaît. Les *Übermenschen* paradaient dans les rues de Wilno, sous les acclamations de ses habitants.

Pas les Juifs, dont certains s'étaient décidés à prendre la fuite : ils étaient vingt mille, à pied, à la merci d'une armée, qui gagnèrent les campagnes. Pour aller où? Au nord, il y avait des Allemands, au sud, des Allemands, à l'ouest, des Allemands. Restait l'est où se trouvaient les Soviets (arrivés à la frontière, ils durent faire demi-tour : il n'y avait pas de place pour eux, les vingt mille, dans les vingt-deux millions de kilomètres carrés de l'Union soviétique).

Piekielny alors s'est peut-être posé une question principale – est-ce que je ne devrais pas, moi aussi, prendre mes jambes à mon cou? – suivie d'une question incidente – aurais-je la force, le cas échéant, de marcher plusieurs jours sans manger ni dormir, sinon des baies, à la belle étoile, une heure ou deux, avec la Wehrmacht à mes trousses?

C'est qu'il était bien vieux, maintenant. Un vieillard encore ingambe, qui avait de la ressource, qui n'allait pas se laisser abattre, en tout cas pas tout de suite, en tout cas pas comme ça, il fallait tenter le coup, s'est-il dit, et alors peut-être qu'il a pris un air dur, qu'il a serré la mâchoire, et que dans un geste martial il s'est frappé la poitrine, aïe, et puis il a fait son barda, chemise, paire de souliers de rechange, savon à barbe et coupe-chou, et après avoir refermé sur son violon l'étui qu'il a empoigné aussitôt, enfilé sa redingote élimée, verrouillé sa porte à double tour et descendu l'escalier, il a traversé la cour dans le tohu-bohu des départs à l'improviste, et allez, au plaisir.

Mais voilà qu'en bas de la Grande-Pohulanka, au niveau, peut-être, de l'endroit où ne se trouvait pas encore la statue d'un gamin regardant vers le ciel, il s'est arrêté d'un seul coup, il a considéré la situation, et puis il a fait demi-tour. C'est qu'à la réflexion l'Union sovié-

tique, avec son sol infertile, blanc de givre, sa neige à
perte de vue, son ciel froid comme une lame, son hiver
qui commence à l'automne et qui bouffe le printemps
(on dit qu'alors on ne trouve rien, ou si peu, à se mettre
sous la dent, tout au plus ses propres doigts saisis par le
gel), avec aussi son NKVD, son Goulag, ses acronymes à
faire pâlir une horde cosaque, avec ses tribunaux qui
pour un oui pour un non vous envoient couper du bois
dans les forêts de bouleaux, avec enfin son moustachu
plus moustachu mais non moins exalté que celui de Berlin, l'Union soviétique, donc, ne semblait pas plus
accueillante que Vilnius où depuis la tour de Gedymin
pavoisait l'oriflamme nazie.

99

Une seconde, me dit Clément à qui je viens de lire les
pages qui précèdent, j'aimerais revenir sur Kennedy.
C'est vrai, cette histoire ? Gary l'a vraiment rencontré ?
Oui, dis-je, il a vraiment été invité en juillet 1963 à la Maison-Blanche, avec Jean Seberg, comme il a vraiment vu la
reine d'Angleterre, à la fin de la guerre, passer son escadrille en revue, comme il a vraiment été décoré par de
Gaulle en 1945, sous l'Arc de triomphe, comme il a vraiment… Mais alors, m'interrompt Clément, comment
sait-on qu'il a prononcé devant eux le nom de Piekielny ?
On ne le sait pas. Il dit qu'il l'a fait, il dit – ce sont ses

mots – qu'il a continué, au gré de ses rencontres avec les grands de ce monde, à s'acquitter scrupuleusement de sa promesse. Or ce monde dont il parle, c'est celui d'hier, il n'existe plus, ce monde, il a disparu, et les grands d'alors sont aujourd'hui six pieds sous terre, avec des fleurs là-dessus, où il y a bien longtemps que, enfin, tu vois – au même titre que ceux qui étaient leurs subalternes ou leurs sujets, car les vers ne font aucune distinction. Si de Gaulle, ou Kennedy, ou Sa Majesté la Reine Elizabeth étaient encore parmi nous, nous pourrions peut-être leur poser la question, nous pourrions leur demander Piekielny, ça vous dit quelque chose ? Et alors nous saurions si Gary a vraiment prononcé son nom devant eux.

Donc si j'ai bien compris, résume Clément, on n'est sûr de rien, on ne sait pas si Gary qui les a vraiment rencontrés leur a vraiment dit qu'au n° 16 de la rue Grande-Pohulanka, à Wilno, habitait un certain M. Piekielny ? Voilà, dis-je, on est réduit à le croire, ou non. Il se peut qu'il l'ait fait, mais il se peut aussi qu'il ait inventé cette histoire. Pourtant, objecte Clément, il dit aussi dans la *Promesse* – corrige-moi si je me trompe – qu'il a « même eu la joie de pouvoir annoncer plus d'une fois, sur les vastes réseaux de la télévision américaine, devant des dizaines de millions de spectateurs, qu'au n° 16 de la rue Grande-Pohulanka… ». C'est vrai, dis-je, mais c'est faux. En tout cas je crois que c'est faux : je n'ai rien trouvé dans les archives de la télévision américaine. Alors, demande Clément, on n'a aucune preuve qu'il a prononcé le nom de Piekielny, ni devant les grands de ce monde, ni même à la télévision ? Aucune, dis-je. Et comme je vois qu'il est déçu, j'ajoute : enfin, pas à la télé américaine. Parce qu'à la télé française...

Et je lui raconte l'histoire du fameux numéro d'*Apostrophes*.

100

Et comme il ne m'est pas déplaisant de retarder les massacres que commettront les Allemands dans Vilnius, laissez-moi vous conter, à vous aussi, l'histoire du fameux numéro d'*Apostrophes*. Mais pour bien la comprendre, cette histoire, il faut d'abord en raconter une autre, déjà très connue, sur laquelle on pourrait tisser mille romans, celle d'un certain Émile Ajar, une histoire qu'on appellerait : *La Mystification*.

101

Imaginez un instant que vous êtes Romain Gary.

Mettez le poncho mexicain, et descendez la rue du Bac, le boulevard Saint-Germain vers le jardin du Luxembourg, à l'heure où le soleil n'a pas encore bu la rosée du matin. À quoi pensez-vous ? À ce reliquat d'une vie d'écrivain qu'on appelle, avec un faste clinquant, *une œuvre* – nouvelles, essais, théâtre, un peu plus d'une dizaine de romans que s'arrachent des dizaines de milliers de lecteurs, traduits un peu partout dans le monde, en anglais, en russe, en italien, pas encore en français –, persiflent ceux qui vous méprisent, intellectuels, universitaires, néo et nouveaux romanciers, or vous rêviez d'être Gogol, ou Conrad, ou Kipling, ou Malraux, et vous êtes Romain Gary, ni plus ni moins que Romain Gary fidèle à « Miss Solitude », à de Gaulle qui vous est infidèle, ou qui n'est plus fidèle qu'à la terre de Colombey car le temps passe, c'est ainsi, dans le sablier le sable s'écoule et la mer vous attend, voilà ce à quoi vous pensez, vous, Romain Gary, soixante ans à l'automne 1974 quand vient de paraître *Gros-Câlin*.

L'histoire d'un type employé de bureau qui a « tellement besoin d'une étreinte amicale » et se sent si seul qu'il songe à se pendre, jusqu'au jour où il adopte un python. Le style est parlé, le langage tordu, la syntaxe broyée, le tout novateur et moderne, et pourtant Romain Gary écrit toujours la même chose, aurait-on lu dans la presse s'il avait paru, ce roman, sous votre nom, et vous savez pertinemment qu'un tel en aurait dit du bien, que tel autre vous aurait descendu, et cela vous fatigue, tenez, Matthieu Galey par exemple, sinon le plus fervent, du moins le plus fidèle de vos lecteurs : depuis vingt ans il démolit chacun de vos livres avec une admirable constance. Or vous êtes las « de l'image qu'on vous a collée sur le dos », las de « la gueule qu'on vous a faite il y a trente ans », et puis vous avez « la nostalgie de la jeunesse, du début, du premier livre, du recommencement », d'où pseudo – changement de pseudo : adieu Gary qui dans la langue de Gogol veut dire «brûle!», bienvenue Ajar qui dans celle de Tolstoï veut dire «braises», et les critiques, pour l'instant, n'y voient que du feu, car personne, quasiment personne n'est au courant : deux ou trois amis dont Robert Gallimard, Jean Seberg et Diego, vos avocats, votre secrétaire et basta – votre éditeur lui-même ne sait pas qui vous êtes : le manuscrit a été remis aux éditions Gallimard, refusé par le comité de lecture (Queneau : «l'auteur est sûrement un emmerdeur»), et refilé au Mercure de France, filiale de la maison mère qui après tergiversations a dit banco, puis bingo : le livre marche, la critique s'enthousiasme. Nous allons bientôt savoir si elle est unanime.

Car vous voilà maintenant devant le Luxembourg. Au kiosque, vous avez demandé quelques hebdos dont *L'Express*. Puis vous avez marché un peu, quelques hebdos dont *L'Express* sous le bras, et vous allez vous asseoir sur une chaise vis-à-vis du bassin jouxtant la fontaine Médicis, sous les platanes encore verts. Là, vous allumez un cigare ; dans une allée passe une jeune fille, *vive et preste comme un oiseau* ; vous feuilletez *L'Express* et vous tombez, page 36, sur un papier de Matthieu Galey dont vous lisez une phrase au hasard : «Le langage façon Queneau y est neuf et impertinent autant que le raisonnement, farfelu jusqu'à la poésie canularesque.» Titre de l'article : «Python mon amour». Un cigare tombe ; un rire d'enfant troue les platanes ; votre jeunesse n'est pas finie : la vie est grisante quand elle recommence, et quand on s'est délesté du poids mort qu'on appelle un passé.

Un peu plus d'un an plus tard vous descendez de bon

matin la rue du Bac, le boulevard Saint-Germain vers le jardin du Luxembourg, quand Paris lentement se réveille dans la cacophonie des camions-poubelles – le chant du coq citadin. Il s'en est passé, des choses, depuis que Galey s'est entiché de *Gros-Câlin* sur deux colonnes : vous avez écrit du Gary le matin et l'après-midi du Ajar, et voilà qu'on vous retrouve en librairie avec *Au-delà de cette limite votre ticket n'est plus valable* et *La Vie devant soi*, deux romans qui ont paru, à quelques mois d'intervalle, sous deux pseudonymes dont il n'est venu à l'esprit de personne qu'ils étaient antonymes.

L'un est le monologue d'un homme vieillissant craignant que la tour de Pise ne se redresse plus jamais ; l'autre, l'histoire d'un gamin arabe et de Madame Rosa, nounou juive pour « enfants de putes ». Le premier, signé Gary, est éreinté ici et là (exemple, dans la *Tribune de Genève* : « Étalon fatigué de l'écurie Gallimard, le mondain Romain Gary, qui a toujours écrit de façon nonchalante et diplomatique, semble tout savoir du phénomène dont il parle dans son dernier roman ») ; le second, d'Émile Ajar, divise, révulse, séduit, suscite des passions.

Vous voilà devant le Luxembourg. C'est l'automne. Au kiosque, vous demandez quelques journaux dont *Le Monde*. Vous marchez quelques centaines de mètres, quelques journaux dont *Le Monde* sous le bras, et vous laissez derrière vous la procession de platanes, de marronniers ensanglantés comme des bourreaux, pour vous adosser à l'acteur grec au torse nu, au masque relevé sur le front, et qui semble déclamer la une du journal que maintenant vous n'avez plus sous le bras, mais entre vos mains légèrement tavelées, et sujettes à de légers trem-blements : «Goncourt : Émile Ajar en dépit du mystère».

Le mystère pour vous n'en est pas un. Vous venez d'entrer au Panthéon des Lettres, vous avez berné la France entière, ridiculisé la critique, chapeau l'artiste, ah nom de Dieu si votre mère vous voyait. Et maintenant, que faire? Le Goncourt, vous l'avez déjà eu, or on ne peut – c'est la règle – ne l'avoir qu'une seule fois. Est-ce qu'il faudrait passer aux aveux? Endosser publiquement la paternité de l'œuvre d'Ajar? Ou dégoupiller la grenade Pavlowitch?

Paul Pavlowitch, votre petit-cousin. Trente-trois ans et autant de petits boulots derrière lui, le cheveu noir, hirsute, littéraire, la moustache massive, l'œil intranquille et profond, profondément mélancolique, avec par-dessus le marché des lectures, des bitures, et l'apparence de celui qui à tout moment peut vous mettre un poing dans la gueule. Il a donné son feu vert pour assumer le personnage de l'auteur Émile Ajar. Paul est donc Émile, Émile est donc Paul qui dit non merci au Goncourt, mais le Goncourt, lui répond par voie de presse le président de l'académie du même nom, «ne peut ni s'accepter ni se refuser, pas plus que la naissance ou la mort». Alors Paul qui se prend au jeu donne au *Monde* une interview assortie d'une photo, de mauvaise qualité mais pas assez : un journaliste le reconnaît, un autre dévoile son vrai nom, son lieu de résidence, ses liens de parenté, et de fil en aiguille on remonte jusqu'à vous, Romain Gary.

Caméras et micros assiègent la rue du Bac car Ajar, hein, n'est-ce pas que c'est vous? Alors vous entrouvrez votre porte, revolver à la main, vous criez un grand

« Merde ! », puis vous signez noir sur blanc dans *Le Monde* une déclaration selon laquelle, non, vous n'êtes pas Émile Ajar. Vos dénégations sont trop vives, et trop académiques vos derniers romans : ce miracle qu'est *La Vie devant soi* n'a pas pu jaillir de la plume surannée d'un vieux réac, alors d'accord, on finit par vous croire, et pour brouiller les pistes, pour les brouiller tout à fait, pour embrouiller le public et la presse, en deux coups de cuillère à pot vous écrivez *Pseudo*, texte fou, sacrilège, troisième Ajar dans quoi vous inventez un Pavlowitch fragile, délirant, angoissé, réglant ses comptes avec un certain Tonton Macoute, « écrivain notoire » doublé d'un « salaud », « vicelard comme pas un », qui a « toujours su tirer de la souffrance et de l'horreur un joli capital littéraire ».

Les mois passent puis les années, vous voilà en janvier 1980, continuant ce double-Je qui de moins en moins vous amuse, qui vous a d'abord tracassé puis inquiété, et qui maintenant vous tourmente tout à fait : et si l'on découvrait le pot aux roses ? Qu'en penserait votre éditeur ? Et qu'en diraient les compagnons de la Libération ? Et les jurés du Goncourt ? Est-ce qu'on n'irait pas dire que tout cela n'est qu'une histoire montée par deux Juifs venus rafler le magot ? Et le fisc, alors ? Est-ce que vous ne risquez pas un redressement ? Et puis il y a Paul, peu à peu relégué au rang de simple comparse, et lui non plus ça n'a plus l'air de l'amuser, cette histoire.

Depuis des mois vous n'avez plus écrit une ligne, et c'est soucieux que vous descendez la rue du Bac, le boulevard Saint-Germain vers le jardin du Luxembourg, où les rares passants peuvent vous voir allongé dans l'herbe sous les platanes effeuillés, surtout ne penser à rien mais raté, quelqu'un a laissé traîner là, sur une chaise, un exemplaire de *Télé 7 Jours* que vous parcourez d'un œil las, rien de bien passionnant jusqu'à ceci : «À la télé ce vendredi : Antenne 2. 21 h 30 : *Apostrophes*, une émission présentée par Bernard Pivot. Invité : Romain Gary.» Merde, pensez-vous, comment je vais m'habiller ?

102

Costume sombre, chemise bleu ciel et cravate, Bernard Pivot face caméra présente Romain Gary, «invité ce soir pour une émission spéciale consacrée à sa vie et à son œuvre». Zoom de la caméra sur le dernier roman de l'auteur, couverture crème, un liseré noir, deux liserés rouges, image un peu vacillante avec Rachmaninov en fond sonore, et Gary apparaît alors à l'écran, costume sombre, chemise blanche et cravate (c'était ça ou le poncho mexicain), cheveux mi-longs, poivre et sel, barbe d'argent, yeux en saphir, gueule de moujik devenue gueule de barine, la même qu'au temps de sa jeunesse – avec en prime les sillons du désenchantement. Il n'a pas l'air dans son assiette, mais alors pas du tout, c'est le moins qu'on puisse dire, quelque chose le tracasse et sur le coup, personne ne sait pourquoi.

On le saura bien plus tard. La vérité, on l'apprendra dans un livre aujourd'hui introuvable[1]. C'est par hasard qu'un après-midi d'automne il s'est retrouvé dans des mains qui étaient miennes et fouillaient les bacs d'un libraire ayant pignon sur rue, boulevard Saint-Michel. Je me revois feuilletant quelques pages, avant de tomber sur un chapitre entièrement consacré à Romain Gary. Il n'en fallait pas plus pour me convaincre : j'achetai le livre et marchai jusqu'au jardin du Luxembourg ; il faisait moins de cent pages, et puis il faisait beau ; je le lus aussitôt.

La maquilleuse y racontait que Gary ce soir de janvier 1980 était arrivé « rue Jean-Goujon – le soir, l'entrée d'Antenne 2 avenue Montaigne était fermée – d'assez mauvais poil, et s'était assis d'assez mauvaise grâce dans le fauteuil où on devait l'apprêter ». Alors, ajoutait-elle, « il vit, dépassant de mon sac, un exemplaire de *L'Angoisse du roi Salomon*, dernier roman d'Émile Ajar. "Ah, dit-il, décidément, cet Ajar, on ne lit plus que lui !" Puis ce fut au tour de Pivot de passer au maquillage. "Ne lui parlez pas d'Ajar, lui dis-je, il n'a pas l'air de le porter dans son cœur." Mais Pivot était facétieux : juste avant d'entrer sur le plateau, je le vis poser sa main sur l'avant-bras de Gary et lui dire : "Bon, j'espère que vous aimez

---

1. Maeva Likern, *Sans fard et sans retouche – mes quinze ans d'Apostrophes, ou comment j'ai maquillé les plus grands écrivains*, éditions Flammarion, 1994.

Ajar. On va beaucoup parler d'Ajar…" Alors le visage de Gary se décomposa, un voile de stupéfaction assombrit son regard, c'est à peine s'il tenait sur ses jambes, et je crus un instant qu'on allait devoir annuler l'émission. Je compris, plus tard, après sa mort, qu'il y avait eu ce soir-là quiproquo : Gary avait cru que Pivot connaissait son secret, qu'il avait percé la véritable identité d'Émile Ajar, et qu'il allait la dévoiler en direct face à des millions de Français[1]. »

*Romain Gary sur le plateau d'*Apostrophes

1. *Ibid.*, p. 81.

Ayant lu cela on regarde après coup l'émission d'un autre œil. Gary n'a pas l'air dans son assiette, mais alors pas du tout, c'est le moins qu'on puisse dire, quelque chose le tracasse et nous savons pourquoi.

Romain Gary, commence Pivot, vous avez été soldat, résistant, diplomate, et vous êtes aujourd'hui écrivain, auteur de nombreux livres à succès parmi lesquels *Éducation européenne, Les Racines du ciel, La Promesse de l'aube, Lady L., Clair de femme*, mais vous êtes aussi et surtout (Gary devient blême, ça y est, se dit-il, il attaque d'entrée avec Ajar) le fils d'une femme qui très tôt vous a assigné un destin. Alors, continue Pivot, si vous le voulez bien, avançons dans la genèse de vos prétentions. Diriez-vous que grâce à votre mère, demande l'animateur, vous êtes devenu la personne – je dirais même le personnage – que vous êtes aujourd'hui ?

Je crois, répond Gary en s'épongeant le front d'un mouchoir en tissu, que je dois presque tout à ma mère. Comme on le sait, je suis russe… (et le voilà qui s'improvise musicien, d'abord il nous joue du pipeau – la naissance à Moscou, le père acteur de cinéma, la mère qui donnait du Tchekhov debout sur une caisse à savon, etc. –, et puis il sort les violons – «pendant la guerre, des lettres de ma mère me parvenaient régulièrement, alors qu'elle était déjà morte depuis trois ans», etc. –, bref, on connaît la musique).

C'était tout de même, continue Pivot, une mère exceptionnelle. Elle est devenue exceptionnelle, répond Gary, parce que *La Promesse de l'aube* l'a tirée de l'oubli dans lequel tombent toutes les mères. Il y a des quantités extraordinaires de mères extraordinaires qui se perdent parce que leurs fils n'ont pas pu écrire *La Promesse de l'aube*, c'est tout. La nuit des temps est pleine de mères admirables, inconnues, ignorées, entièrement inconscientes de leur grandeur, comme le fut ma mère. Il est vrai qu'elle était exceptionnelle par le panache, par la couleur, la flamboyance, mais pas par l'amour. Elle était dans le peloton de tête, c'est tout. Les mères, ce n'est jamais bien payé, vous savez. La mienne, au moins, a eu droit à un livre.

On en arrive à son entrée dans la Carrière. Je crois, dit Pivot, que vous avez d'abord été nommé en Bulgarie, n'est-ce pas? Gary acquiesce, précise qu'il a commencé deuxième secrétaire à Sofia, et que là-bas on a essayé de le recruter comme espion. Et puis il y va d'une anecdote qu'il répétera plus tard à l'identique sur Radio-Canada : J'avais rencontré une jeune femme, dit-il, et j'étais devenu comme on dit son amant, plus exactement j'avais fait l'amour avec elle, ce qui n'est pas du tout la même chose. Un beau jour, je suis arrêté dans une rue de Sofia par deux messieurs qui me disent : «Monsieur, vous êtes Romain Gary? — Oui. — Nous avons trouvé là des photos qui vous concernent et nous voulions vous les rendre.» Ils me montrent des photos où je suis tout nu avec la jeune femme en question – en fait un agent de la milice –, nue également dans une position qu'il n'est pas difficile à imaginer, et j'ai dit : «Oui, en effet, rendez-moi les photos.» Ils me rendent les photos et me disent :

« Évidemment, nous pourrions également récupérer les négatifs, mais c'est donnant-donnant, il faudrait que vous nous rendiez des services. » Alors je leur ai dit : « Écoutez, Messieurs, vous m'avez photographié à la fin, si vous voyez ce que je veux dire. Et sur la photo je n'ai pas l'air avantageux, j'ai vraiment l'air, sur le plan de la virilité, très piètre. Si vous diffusez cette photo, on ne saura pas que c'est la fin, on croira peut-être que c'est au commencement et l'on croira que je ne défends pas très bien l'image du Français, du représentant de la France à l'étranger, même dans ce domaine-là. Vous allez donc me donner une deuxième chance : nous allons choisir une autre jeune femme, de préférence la fille de votre ministre de l'Intérieur – qui était une blonde ravissante –, on recommence le tout, vous êtes dans la chambre, vous me photographiez entièrement. Vous êtes d'accord ? » Ils ont bégayé quelques mots, ils se sont levés et ils sont partis en me laissant l'addition.

Rires du public, sourire de Pivot qui continue : Votre carrière de diplomate vous emmène ensuite à La Paz. Là-bas, vous apprenez qu'on vous a décerné le prix Goncourt. Oui, dit Gary, c'était pour *Les Racines du ciel*, un livre écrit pour la défense des éléphants. En vain : on en massacre soixante-dix mille chaque année. À l'occasion de ce prix, on m'a offert des cadeaux de toutes sortes, parmi lesquels, croyez-le ou non, une statuette en ivoire. Non ? dit Pivot. Si, dit Gary.

Et puis on parle de l'aventure américaine (Hollywood, Gary Cooper, Kennedy), mais pas de Jean Seberg (depuis quatre mois le petit ange blond est un ange, quelqu'un là-haut l'a délestée de la vie pour la lester de plumes

– ces plumes-là Gary se refuse à les tremper dans l'encrier, et pas question d'en parler). On en vient à ses romans et sur cela, aucun problème, on peut lui poser toutes les questions que l'on veut. Pourquoi écrit-il ? Parce que finir comme le caméléon, non merci. Qu'est-ce qu'il entend par là ? Je suis né en Russie, explique Gary, puis j'ai vécu en Pologne, grandi en France, habité aux États-Unis… Mes identités sont multiples. Comme le caméléon, ajoute-t-il : il devient rouge quand on le met sur du rouge, bleu quand on le met sur du bleu, vert quand on le met sur du vert, puis on le met sur un tapis écossais et le caméléon devient fou. Je ne suis pas devenu fou, mais je suis devenu écrivain. Chaque fois que j'écris un roman, c'est pour vivre d'autres vies que la mienne.

Justement, des vies, vous en avez vécu un peu plus qu'on ne le croit. (Quelque chose comme de l'effroi passe dans les yeux de Gary qui se fige, on y est, Pivot va faire éclater la bombe Ajar.) Car vous êtes aussi cinéaste. (Fausse alerte, Gary peut souffler.) Parlez-nous de vos films, demande Pivot. Je préfère qu'on s'en tienne aux livres, dit l'écrivain. Bien, concède l'animateur. La dernière fois que vous êtes venu sur ce plateau, poursuit-il, c'était il y a un peu plus de quatre ans, en juin 1975, pour la parution d'*Au-delà de cette limite votre ticket n'est plus valable*. Oui, dit Gary : l'histoire d'un type ravagé par l'idée de son déclin sexuel. Un critique éminent a écrit qu'il m'a fallu beaucoup de courage pour écrire ce livre avec tant d'authenticité. Autrement dit, l'impuissant de ce livre, c'était moi. Si je voulais être cynique, je dirais que cela a été une bonne opération sur le plan sexuel :

il y a eu celles qui voulaient absolument savoir si le personnage qui dit «je» dans le roman était Romain Gary lui-même, autrement dit si c'était vrai ou non, si j'étais impuissant ou pas. Il y a eu les rédemptrices, qui se disaient : «Avec aucune, mais avec moi, il y arrivera.» Et finalement il y a eu les jeunes filles qui pensaient : «Chic alors, on va avoir un papa, on ne risque rien.» Et si j'étais un profiteur, j'aurais vraiment fait une très grande moisson dans ce domaine. Mais je n'en ai pas profité.

Rires du public, sourire de Pivot qui enchaîne, un peu solennel : Et maintenant, Romain Gary, j'aimerais vous faire une surprise. Il y a quelqu'un qui depuis le début de cette émission attend en coulisses. (Ça y est, se dit Gary, Paul va débarquer sur le plateau.) Quelqu'un que vous connaissez bien. (Bon, je suis cuit.) Il a un peu plus de trente ans, il est écrivain, et il a eu le Goncourt. (Il n'y a plus de doute. Salaud de Pivot.)

Je vous préviens, dit Gary nerveusement, si la surprise me déplaît je m'en vais. Apparaît alors Patrick Modiano. Il a un peu plus de trente ans (trente-quatre), il est écrivain (déjà six romans), il a eu le Goncourt (*Rue des Boutiques Obscures*, un peu plus d'un an plus tôt). Costume clair, chemise bleu ciel, sans cravate. On lui montre un fauteuil, il semble hésiter, jette un œil derrière lui comme s'il allait faire demi-tour et quitter le plateau, non, finalement, pas envie, continuez l'émission mais sans moi. Il finit pourtant par s'asseoir et Pivot, on le voit, pousse un soupir de soulagement inaudible mais néanmoins perceptible (Modiano est bien là), aussitôt repris en écho par Gary (Pavlowitch n'est pas là).

Je crois savoir, dit Pivot à Gary, que vous aimez beaucoup Modiano. En effet, répond Gary, c'est le Saint-John Perse du roman. J'ai lu avec bonheur son dernier livre où le talent éclate à chaque page. C'est saisissant, différent de tout. C'est une création poétique *ex nihilo*, une étonnante façon de faire réaliste et humain dans le fantastique social. Quand j'ai eu fini de le lire, j'ai eu envie d'écrire. C'est chez moi le vrai critère de valeur. J'ai longtemps dit que Modiano irait loin, cette fois-ci, il y est.

Et Modiano, demande Pivot, vous êtes lecteur de Gary?

Alors Modiano de sa voix calme et timide, syncopée, aux accents elliptiques, aux silences où s'embusquent inflexions de la pensée, hésitations et repentirs, Modiano modianise que oui, bien sûr, il a toujours lu Gary, c'est-à-dire que, évidemment, quand on le lit on est un peu comme, on ne sait pas très bien, et puis après, disons que, surtout quand ça nous rappelle, non, parce que les livres, enfin, c'est une sorte de, et alors c'est un peu comme si, on s'aperçoit qu'on entendait la voix, oui, avec quelquefois des moments, enfin, tout cela est, comment dire, bizarre.

Puis Gary répond à Modiano qui répond à Pivot qui ne répond plus de rien, la conversation se poursuit, elle pourrait se poursuivre à l'infini et l'on pourrait, nous, infatigablement l'écouter mais l'heure tourne, il faut rendre l'antenne alors merci à vous d'être venus, dit Pivot, bonsoir à tous et à bientôt.

Pendant le générique, la caméra reste fixée sur Gary, on ne peut pas entendre ce qu'il dit à Pivot – les premières notes du concerto pour piano n° 1 de Rachmaninov recouvrent sa voix –, mais si l'on sait lire sur les

lèvres, on peut les voir prononcer distinctement ceci :
Merde, j'ai oublié de dire qu'au n° 16 de la rue
Grande-Pohulanka, à Wilno, habitait un certain
M. Piekielny.

Serguei Rachmaninov, extrait du concerto pour piano n° 1, version de 1917.

105

Du moins, aurait-il pu ajouter, jusqu'au 6 septembre
1941.

Est-ce qu'à cette date il habitait encore rue Grande-Pohulanka ? Nul ne le sait. Mais on peut être certain
qu'après le 6 septembre 1941 il n'y habitait plus. Ce
jour-là, au petit matin, il a sans doute été réveillé par des
coups de sifflet continus, stridents, entrecoupés de
phrases assez brèves, péremptoires, aboyées en allemand,
et il avait beau n'y rien comprendre, il pressentait que
« *Juden raus !* » n'augurait rien de bon. Il n'en fut pas
étonné. Quelque chose se tramait depuis la veille,
comme tout le monde il avait vu, placardés sur les murs
de la ville, des avis en lettres gothiques. Les Juifs étaient
priés de remettre avant le soir, au commissariat le plus

proche, tous les objets de valeur qu'ils pouvaient posséder (argent, or, bijoux, etc.). On les informait en outre que si, passé ce délai, on devait trouver chez eux de l'argent, de l'or, des bijoux, ou quelque objet de quelque nature qui pût entrer dans la catégorie «etc.», ils seraient fusillés sur-le-champ.

Certains s'exécutèrent, laissant en dépôt tous leurs biens, non sans exiger un récépissé en bonne et due forme. D'autres les camouflèrent dans des greniers et des caves, au péril de leur vie. D'autres encore furent un peu plus radicaux : je veux croire que Piekielny fut l'un d'eux. Après lecture de l'avis, il s'est adonné à l'examen minutieux de son appartement sans parquet ni moulures, mais aux fenêtres sur cour élégamment habillées de rideaux, et aux murs blancs crépis à la chaux, laissant apparaître ici et là quelques briques : des bougeoirs, des bougies, un buffet, un miroir, un panier en osier, un lit trop grand pour lui seul, un seul oreiller. Un édredon et là-dedans, dissimulées entre les plumes, des liasses de zlotys et d'autres de roubles, petit viatique inutile, inutilement amassé en prévision des temps difficiles, gagné pendant des mois dix heures par jour dans son échoppe, et qui dans le poêle s'est consumé en un instant. Et puis il a regardé autour de lui. Rien qui pût, lui sembla-t-il, attiser la convoitise des Allemands : son chapeau, sa redingote, sa pipe et un peu de tabac. Coiffant le premier, enfilant la deuxième, il a fourré la dernière dans sa poche et merde, le violon. Est-ce qu'il relevait du «etc.»? La catégorie était opportunément assez vague, donnant aux Allemands une *base légale* pour assassiner quelques Juifs au gré de leurs envies. Alors quoi ? Est-ce qu'il fallait

garder le violon avec soi, au risque d'être tué sans somma-
tion, ou purement et simplement s'en débarrasser ?
Dilemme piekielnyen. Qui fut résolu quand il imagina un
officier nazi s'en emparant pour massacrer du Beethoven
ou du Bach : il pouvait tout accepter mais ça, non.

Alors il a ouvert l'étui et il s'est d'abord saisi de l'archet dont il a longuement, méticuleusement caressé la
mèche, passant et repassant les crins entre son pouce et
son index, puis fermant un poing sur le talon et l'autre
sur la pointe, il l'a brisé net, en deux morceaux, contre
sa cuisse. Puis, prenant le violon par le manche et fermant les yeux il l'a serré contre lui pendant peut-être
une minute – pendant laquelle il aurait juré avoir
entendu, dans la caisse de résonance, battre le cœur de
l'instrument, mais sans doute n'était-ce que son propre
cœur qui battait, s'emballant à l'idée de ce qui allait
advenir. Car soudain le brandissant des deux mains
au-dessus de sa tête, les paupières closes, les yeux rougis,
les joues brûlantes et lavées de larmes, de toutes ses
pauvres forces il l'a fracassé contre la table, et le violon
s'est démembré dans un vacarme infernal, il gisait sur le
sol, morcelé, éventré, les cordes pendaient comme des
lianes, seule la volute lui est restée dans les mains, la
volute en forme de moustache qu'il a fourrée dans sa
poche – celle où déjà se trouvaient la pipe et un peu de
tabac –, et sans même prendre la peine de tirer les
rideaux, laissant la fenêtre s'exhiber sans pudeur il s'est
effondré sur le lit.

Et puis le jour s'est levé au chant du coq allemand :
« *Juden raus !* » Piekielny a regardé par la fenêtre : il a vu
la cour démesurée qu'ensoleillait septembre et qu'om-

brageaient des soldats ; il a vu des casques et des chiens ; il a vu des Juifs encerclés ; il a compris qu'il devait les rejoindre. Alors il a rassemblé ce qu'il lui restait de vêtements, un pantalon, deux chemises, et il les a posés sur son drap qu'il a noué en baluchon après quoi, ayant fermé sa porte à double tour et fourré sa clé dans la poche de sa redingote – la seule qui ne fût pas trouée, celle où déjà se trouvaient la volute et la pipe et un peu de tabac –, il a descendu l'escalier et il s'est retrouvé dans la cour inondée de soleil. Une belle journée.

Les Juifs, ses voisins, étaient là les mains en l'air, impuissants, asservis, avec leurs nippes pareillement enveloppées dans des baluchons de fortune, avec le même effroi dans le regard et, pointés dans le dos, ces pistolets-mitrailleurs qui d'un manant font un roi. On les a fait mettre en rangs par quatre et la colonne s'est ébranlée, franchissant le porche et rejoignant l'autre colonne, l'immense colonne d'hommes, de femmes et d'enfants avançant à coups de matraque jusqu'à la rue Niemiecka où les uns, vingt-neuf mille, furent dirigés vers le Grand ghetto et les autres, onze mille, vers le Petit ghetto, cependant qu'un troisième groupe au nombre indéterminé était emmené à la prison de Lukishki puis, de là, vers une destination inconnue que l'on connaîtrait bientôt sous le nom de Ponar.

Alors les portes du ghetto se sont refermées, marquant le départ d'une course effrénée qui a vu Piekielny errer dans les rues à la recherche d'un demi-mètre carré où poser son risible barda, se faire refouler de partout puis se résigner à dormir sous le porche d'une maison sans toit ni façade, avant de dégotter un coin de grenier sur lequel personne encore n'avait jeté son dévolu : le vent soufflait entre les tuiles, la toiture en partie effondrée laissait entrevoir un bout de ciel mais ça lui allait, à Piekielny, tout lui allait du moment qu'il pouvait s'allonger là parmi d'autres vieillards esseulés, sur une paillasse défoncée – si l'on peut appeler paillasse un peu de paille séchée répandue sur un plancher, et si l'on peut appeler plancher quelques lattes en bois vermoulu –, son baluchon en guise d'oreiller, ses petits yeux grands ouverts, et caresser la volute au fond de sa poche en regardant le jour s'étirer comme s'il mourait à contrecœur, ce qu'il fit tant et si bien que finalement ce fut la nuit, la nuit noire, opaque, comme un crêpe jeté pudiquement par-dessus les toits du ghetto, une nuit déchirante, cruelle, douloureuse, sans étoiles, et c'est en vain qu'il les aurait cherchées dans le ciel : elles étaient à même le sol, cousues sur les vêtements de ses compagnons d'infortune.

106

Entre l'arrivée des Allemands dans Vilnius et la première nuit de Piekielny au ghetto s'étaient écoulés un peu plus de deux mois – pendant lesquels avait petit à petit puis très rapidement augmenté la violence des premiers à l'égard du second. D'abord, il y avait eu les petites vexations, rien de bien méchant ni de bien grave sur l'échelle de la cruauté nazie, quand par exemple devant les boulangeries les files interminablement s'allongeaient, on attendait que Piekielny fût sur le point d'acheter son pain pour le remettre en bout de queue. Et puis très vite était venu le temps des privations (Piekielny fut sommé de remettre son poste radio), des perquisitions (les trois quarts des appartements de la Grande-Pohulanka dont le sien furent visités par les Allemands qui, pillant ce qui avait de la valeur, saccagèrent ce qui n'en avait pas), des interdictions (de prendre le train, puis d'aller au marché en dehors de certaines heures, puis d'aller au marché, puis de sortir après dix-huit heures, puis de marcher sur les trottoirs, puis de circuler dans les rues principales), et enfin des humiliations (le port d'un carré blanc de dix centimètres sur dix avec en son centre un cercle jaune et la lettre «J» que Piekielny avait dû coudre lui-même sur sa vieille redingote, puis d'un brassard bleu orné d'une étoile blanche). Mais tout cela n'était rien au regard de tout le reste, et Piekielny aurait estimé que ses frères les Juifs ne s'en tiraient pas à si mauvais compte s'il n'y avait eu, simultanément et de plus en plus fréquemment, ces rafles suivies de convois qui les emmenaient Dieu savait où cependant que les Allemands, eux, savaient – et les Lituaniens aussi.

107

On peut voir aujourd'hui, au n° 8 de la rue Rūdninkų, à l'endroit même où pendant la guerre se réunissait le *Judenrat* – le Conseil Juif –, une plaque en mémoire des mille deux cents Juifs assassinés à la suite de la rafle du 3 novembre 1941. Un peu plus loin, au n° 18, une autre plaque avec le plan des deux ghettos. Et si l'on marche dans la vieille ville en baissant la tête on apercevra, ici et là sur la chaussée, des plaques en cuivre perpétuant le souvenir de quelques Juifs nés à Vilnius et morts assassinés par les nazis (y figurent huit noms, n'y figure pas celui de Piekielny).

Vilnius aujourd'hui porte le deuil, comme telle femme dans Balzac ou Maupassant se vêt ostensiblement de noir après avoir empoisonné son mari. Les autochtones, on le sait aujourd'hui, furent les auxiliaires plus ou moins zélés des nazis, collaborant à des degrés divers au massacre des Juifs : il y avait l'immense majorité, peureuse et passive, passive car peureuse, qui ne leur était pas foncièrement hostile mais refusait de faire quoi que ce fût pour les aider ; il y avait ceux qui, par charité chrétienne, avaient racheté leurs biens à vil prix ; ceux qui se les étant indûment appropriés n'avaient rien contre leurs propriétaires mais préféraient leur mort à une quelconque restitution ; ceux que taraudait la « question juive » et pour qui, hein, il n'y avait pas de fumée sans feu ; et puis il y avait les nationalistes lituaniens.

Organisés en milice, ceux-là comptaient dans leurs rangs une centaine d'hommes que l'on appelait – qui se faisaient appeler – *Ypatingi* (les « élus »). Dès l'arrivée des

Allemands dans la ville, ils se mirent à traquer les Juifs, les raflant dans la rue, dans les synagogues ou chez eux, allant jusqu'à les débusquer dans leurs caches pour les livrer aux seigneurs du moment qui leur octroyaient dix roubles par tête – et qui, très vite, leur donnèrent un surcroît de travail : chaque fois qu'un Allemand criait « Feuer ! » au bord d'une fosse, un Lituanien faisait feu. Il y eut vingt mille morts en deux mois, et puis il y eut le ghetto.

108

Du ghetto de Vilnius, je sais seulement ce que j'ai lu.

De Marc Dvorjetski, survivant du ghetto, auteur de *Ghetto à l'Est*, traduit du yiddish en 1950, je tiens que les enfants du ghetto jouaient « aux Allemands et aux Juifs », les uns capturant les autres et les emmenant plus loin, en leur pointant une mitraillette imaginaire dans le dos ; que l'on s'entassait à quinze ou vingt dans des pièces qui ne pouvaient contenir qu'une ou deux personnes ; qu'il y avait plus précieux que le pain, que les vêtements ou qu'un toit : le *schein*, un certificat de travail qui vous donnait le droit de vivre ; que ces *schein* changeaient constamment d'aspect, de couleur, de forme et de valeur ; qu'ils étaient avec ou sans photo, blancs, bleus, roses, verts, avec ou sans numéros, autant de « moyens inventés par les nazis pour aveugler, abrutir, diviser, démoraliser, paralyser l'esprit de résistance de l'homme du ghetto»; qu'en septembre 1943 les *schein* disparurent, et qu'il n'y eut plus aucune garantie d'aucune sorte.

Du journal retrouvé dans les décombres de la cache d'Yitskhok Rudashevski, assassiné à quinze ans le 1er octobre 1943, je tiens que le 6 septembre 1941 au lever du jour il faisait beau, et que plus tard le soleil, «comme s'il avait honte de voir ce que font les hommes là en bas, s'est couvert de nuages»; que le portail du ghetto était une barrière de bois jaune bardée de barbelés; que pour les habitants du ghetto qui n'avaient ni bois ni vêtements chauds l'hiver était la saison la plus cruelle; que les ruines enneigées étincelaient de gel, «comme piquetées de diamants»; que le premier jour de l'année 1943 était un «jour blanc, un clair jour d'hiver»; qu'un Allemand qui avait faim disait «je veux bouffer comme un Juif»; qu'il existait dans le ghetto un cercle littéraire, et qu'Avrom Sutzkever y parlait de poésie.

D'Avrom Sutzkever, poète, membre de la Brigade des papiers, survivant, je tiens qu'à l'arrivée des Allemands des soldats de l'Armée rouge furent promenés enchaînés, affamés, à moitié nus dans les rues de Wilno, pour montrer à la population qui étaient les maîtres du monde; qu'on vit apparaître, partout dans la ville, la pancarte *Eintritt für Juden verboten* – «entrée interdite aux Juifs»; qu'il fut de surcroît interdit aux Juifs de regarder par les fenêtres qui donnaient à l'extérieur du ghetto, et que par conséquent ces fenêtres devaient être condamnées ou badigeonnées de couleur sombre; qu'il leur fut en outre interdit de parler politique; de parler allemand; de parler aux non-Juifs; de porter la moustache; de manger gras; de prier; d'étudier; de faire entrer des fleurs dans le ghetto; qu'il fut également interdit aux femmes juives de se teindre les cheveux; de mettre du rouge à lèvres; qu'il leur fut même interdit d'accoucher – celles qui donnaient naissance à un enfant étaient aussitôt assassinées avec lui. Je tiens aussi qu'un bordel fut créé, au 9 de la rue Subotsh (aujourd'hui Subačiaus – Gary est né au 8 de la même rue), garni de femmes polonaises arrêtées dans un café, au hasard, et dont on avait pris soin de marquer les jambes au fer rouge. Je tiens qu'un Juif capturé par un étudiant lituanien le supplia de l'épargner; que l'étudiant lui laissa la vie sauve – non sans lui avoir préalablement arraché ses dents en or; que le Petit ghetto fut liquidé le 28 novembre 1941, et ses rues rendues à la circulation; que des bébés furent projetés contre des troncs d'arbre, sous les yeux de leurs mères; que certains Juifs furent munis de pelles, tenus de creuser leur propre tombe, et enterrés vivants; que pour trente marks par tête on avait pu racheter des enfants de trois à dix ans qui venaient de Smolensk, et qu'un train emmenait vers Ponar; qu'on appelait *malines* les planques dans quoi se cachaient les Juifs; qu'à la fin de la guerre des centaines de cadavres étaient encore ensevelis sous les ruines du n° 12 de la rue Straszuna (Žemaitijos). Je tiens enfin qu'un certain nombre de Juifs furent cachés par des Polonais et des Lituaniens; que le logement d'une certaine Maria Abramowicz, polonaise, et celui d'une certaine Wiktoria Gzmielwska, polonaise également, qui habitaient au n° 16 de la rue Grande-Pohulanka, furent « le refuge de nombreux persécutés » – et je ne peux m'empêcher de penser que Piekielny fut peut-être l'un d'eux.

De lectures glanées ici et là sur internet, je tiens qu'il y avait dans le ghetto de Wilno un jeune homme du nom de David Berger, né en 1922 quelque part en Pologne, du côté de Przemyśl ; que sa petite amie s'appelait Elza (ou Elsa – les sources divergent) et qu'il l'appelait peut-être *moja miłość* – « mon amour », en polonais ; qu'après l'Anschluss elle a fui la Pologne et qu'elle est partie vers le sud, en Palestine ; qu'il est parti, lui, à l'est, alors qu'il fallait aller à l'ouest, ou au nord, ou au sud, n'importe où plutôt qu'à l'est ; surtout pas à l'est ; qu'il s'est retrouvé à Vilnius, puis dans le ghetto de Vilnius ; qu'il a envoyé à Elza (ou Elsa) une lettre d'adieu ; que dans cette lettre datée du 2 mars 1941, il lui a écrit : « Si quelque chose arrive, j'aimerais qu'il y ait quelqu'un pour se souvenir qu'a vécu David Berger » ; que *quelque chose* est arrivé ; qu'il avait dix-neuf ans.

109

D'Avrom Sutzkever, je tiens également que Piekielny n'a peut-être pas même passé un seul jour dans le ghetto de Wilno. Après que les Juifs furent expulsés de chez eux, certains furent envoyés directement à Ponar, c'est-à-dire à la mort : « Les rues suivantes, écrit Sutzkever, ne furent pas dirigées vers le ghetto : la rue Mickiewicz, la rue des Moulins, la rue Portowa, les deux rues Pohulanka, la rue du Calvaire (sauf du n° 50 au n° 1), la rue

Pióromont, une partie de Zwierzyniec, de Węglowa et d'Antokol, soit environ dix mille personnes. » Ce qui voudrait dire que Piekielny serait mort assassiné d'une balle dans la nuque, début septembre 1941 – et non, comme l'a écrit son biographe, «dans les fours crématoires des nazis».

110

Si l'on consulte les cartes topographiques de la région établies fin 1941 par les Allemands, on peut constater que Ponar – le nom de Ponar – n'y figure pas : c'est une zone blanche, ou plutôt verte, volontairement dépourvue de toute indication ; ce n'est plus un lieu-dit mais un non-lieu, ce qui est dommage car c'est un joli nom, Ponar. Ce qui est d'autant plus dommage que c'est aussi un bel endroit. Une forêt de chênes et de bouleaux où les écoles, avant la guerre, envoyaient leurs élèves en excursion. Là, ils s'étonnaient de la hauteur des arbres, du parfum des fleurs, du bleu du ciel ; ils devinaient des animaux dans les nuages immobiles ; ils rentraient en rangs par deux leur herbier sous le bras, en se tenant par la main. C'était avant qu'on les aligne en rangs par six au bord d'une fosse. C'était avant l'été 1941.

111

De Vilnius, il y a deux façons de se rendre à Ponar :
par la route, ou par le train. J'y suis allé par le train.
C'était en hiver, et je n'ai d'autres souvenirs que la neige,
la brume, la gare enneigée dans la brume, les nuages
lourds, le ciel bas, le kilomètre de marche et plus rien,
les arbres, les plaques, les fosses, plus rien.

Je revois tout de même, à deux pas des fosses, une maison fabriquée de bric et de broc, et sortant de là un
jeune homme en treillis militaire, enivré, une flasque à la
main, au goulot de laquelle il buvait de ces lampées
d'eau-de-vie qui vous font oublier que la mort en ces
lieux avait élu domicile, et que des mois durant on avait
tué des hommes, des femmes et des enfants juste là, par
milliers, au fond du jardin.

Le *modus operandi* était toujours le même : on les ras-
semblait dans la cour du *Judenrat*, encadrée de SS et de
Lituaniens, on les comptait, on les emmenait à Ponar en
camion, à pied ou en train, sept kilomètres au bout de
quoi se trouvait un portail surmonté d'une double rangée de fils barbelés, et sur lequel était accroché un panneau : « *Eintritt auch für deutsche Offiziere streng verboten !* »
– « Entrée strictement interdite, y compris aux officiers
allemands ! » Là, on leur faisait enlever chaussures et
habits – les vêtements devaient être récupérés sans trous,
les étoiles décousues, le tout envoyé en Allemagne (lors
des dernières *Aktionen*, quand il fallut hâter les massacres, on évita de perdre du temps, tant pis pour les

habits) –, puis on les faisait s'agenouiller en rangs par six au bord d'un grand trou circulaire, on leur tirait une balle dans la nuque, et aux suivants.

112

Tout porte à croire qu'il y eut un jour parmi ces suivants un certain M. Piekielny.

Est-ce qu'on lui fit ôter ses vêtements, ou est-ce qu'il put, jusqu'à la fin, garder sur lui sa redingote ? Est-ce qu'il fit une prière ? Est-ce qu'il se souvint de la promesse d'un petit garçon qui était son voisin ? Est-ce qu'il ferma les yeux, ou est-ce qu'il regarda le ciel, les arbres, les feuilles des arbres et le vent qui les fait trembler ? Est-ce qu'il trembla, lui aussi, et s'il trembla est-ce que ce fut d'effroi, d'indignation ou de colère ? Est-ce qu'il fit comme Gengis Cohn, ce comique juif « très connu, jadis, dans les cabarets yiddish : d'abord au *Schwarze Schickse* de Berlin, ensuite au *Motke Ganeff* de Varsovie, et enfin à Auschwitz » dont il put s'évader en décembre 1943, avant d'être repris quelques mois plus tard, placé devant un trou au bord duquel, juste avant de mourir, il fit à son bourreau un bras d'honneur, lui tourna le dos, baissa sa culotte et lui montra son cul ?

Nous ne saurons jamais ce qu'a fait Piekielny devant la fosse, ni même ce qu'il a pu voir, ressentir ou penser. C'est là son secret, son misérable secret.

113

Une nuit de mai vers une heure du matin, j'arrivai en bas de l'immeuble où je vivais avec Marion; des gendarmes en barraient l'entrée. Je demandai naïvement s'il se passait quelque chose. Oui, fit un gendarme, vous allez devoir attendre une vingtaine de minutes avant de pouvoir rentrer chez vous. Je garai mon scooter, l'attachai, retirai mon casque, puis je demandai des précisions. Il y a eu un décès, dit le gendarme. Je pensai : une vieille dame entourée de ses proches aura rendu son dernier souffle – ce qui était triste mais enfin c'était la vie, c'était *dans l'ordre des choses*. Une jeune fille, continua le gendarme, mais je ne peux pas vous en dire plus. Alors, pendant une seconde, diffractée, étirée à l'infini, je pensai à Marion. C'était une jeune fille. Elle habitait l'immeuble. Elle n'avait pas répondu à mon dernier message. Pardon, dis-je, mais ma fiancée vit ici, j'ai *besoin* de savoir. Le gendarme pâlit : il avait peut-être devant lui quelqu'un dont la vie d'une seconde à l'autre allait s'effondrer, et c'est à lui qu'il incombait d'annoncer cet effondrement. Il me demanda son prénom. Marion, dis-je, elle s'appelle Marion. Ce n'est pas elle, dit-il, et de conserve nous poussâmes un soupir, lui de gratitude, et moi de soulagement.

Et puis la porte de l'immeuble s'entrouvrit : j'aperçus,

allongé sur un brancard, un corps enveloppé jusqu'aux épaules d'une couverture isothermique; le visage était à découvert. Je reconnus la jeune fille qu'il m'arrivait parfois de croiser dans la cour, nous échangions un regard, un sourire, rien de plus, je ne peux pas dire que je la connaissais : j'ignorais jusqu'à son nom.

Ce nom, j'allais bientôt le connaître. Happé par le visage douloureusement juvénile, je n'avais pas vu arriver, depuis l'autre côté de la rue, une femme que soutenaient deux jeunes hommes. Il y eut un grand silence, comme un grand cri reflué tout au fond de la gorge, puis un cri, désespéré, inconsolable, infini. Qui n'a jamais entendu le cri d'une mère découvrant le corps sans vie de son enfant n'a jamais entendu de cri. L'expression est peut-être éculée mais je n'en vois pas de plus juste : son cri déchira la nuit, l'éventra dans des pleurs. La pauvre femme hurlait le prénom de sa fille.

Je restai là, hagard, statufié pendant peut-être une minute, puis je finis par m'éclipser, laissant la mère à demi morte et la fille qui l'était tout à fait, et j'allai faire un tour dans la rue noire, sinueuse et déserte qui descendait jusqu'à l'eau de plomb du canal Saint-Martin. Une heure plus tard, devant l'immeuble, il n'y avait plus que le silence et la nuit. Je serrai Marion dans mes bras, lui racontai la scène – elle savait, elle avait entendu, tout le monde dans l'immeuble avait entendu (un voisin se méprenant sur la cause des cris avait même menacé *d'appeler la police*) – puis je préparai ma valise (le lendemain je partais en Russie, aux championnats du monde de hockey, deux ans jour pour jour après ceux de Minsk et mon détour par Vilnius). Je ne dormis qu'une heure ou

deux : je pensai à la jeune fille qui dormait, définitive-
ment, sous le regard éploré de sa mère.

Si je raconte cela c'est parce que, obnubilé par la gentille souris de Wilno, mon esprit faisant mots de tout bois
– c'est comme ça, je n'y peux rien, même s'il m'arrive
d'en concevoir sinon de la honte, du moins de la gêne,
qui d'ailleurs n'est rien d'autre que de la honte atténuée
–, je me souviens m'être dit : voilà ce qu'en plus du bruit
des mitraillettes, des chiens qui aboient, des soldats qui
hurlent, des enfants qui pleurent, voilà ce qu'a dû
entendre Piekielny devant la fosse : le cri d'une mère
découvrant le corps sans vie de sa fille, amplifié, multi-
plié par cent, par mille, par le nombre de mères qui
étaient avec lui ce jour-là.

114

En juillet 1944, les Allemands déguerpirent. Parce que
l'Histoire se répète, et pas toujours comme farce, les
Soviets firent à nouveau leur entrée dans Vilnius : ils
allaient y rester quarante-cinq ans. Et pendant que les
nazis se repliaient sur Berlin, que la 2e DB se dirigeait sur
Paris, pendant que le Vercors tremblait mais tenait bon,
pendant que les apprentis coiffeurs de l'été 1945 aigui-
saient leurs tondeuses et que tout sombrait, Vichy trop
tard et Saint-Ex trop tôt, pendant que s'effondrait le
Reich mais pas la Tanière sur le Loup, pendant que la

Vistule charriait des cendres comme le Styx des âmes, pendant que l'Armée rouge s'enfonçait dans les plaines de Pologne, mettant peu à peu des noms sur Pitchipoï et découvrant ces morts-vivants aux yeux vides, excavés comme des puits de souffrance, morts-vivants dont les corps giacomettesques, décharnés, feraient dire à leurs libérateurs qu'ils avaient honte, alors, d'être bien portants, pendant que le monde, enfin, le vaste monde envers et contre tout poursuivait sa course folle, à Vilnius, donc, on se mit à compter les morts.

Il y en avait soixante-dix mille, sans doute un peu plus, on ne savait pas exactement. Les Allemands en avaient fait brûler la moitié, pour effacer les traces de leurs crimes ; les autres expiaient le péché de leur naissance allongés au fond de trous recouverts de sable et de chaux. Certains étaient nus, d'autres non. Sur ceux-là furent retrouvés des poèmes et des lettres et des centaines, des milliers de clés : jusqu'au bout ils avaient cru qu'on les emmènerait dans des camps de travail, que là-bas ils mourraient sûrement mais qu'avec un peu de chance ils reviendraient, et qu'alors ils rentreraient chez eux comme avant.

Plusieurs de ces clés ouvraient des appartements vides et pillés, jonchés de débris, au n° 16 de la rue Grande-Pohulanka. L'une d'elles, peut-être, trouvée au fond de la poche d'une vieille redingote élimée entre une pipe, un peu de tabac et la volute d'un violon, celui d'un certain M. Piekielny.

TROISIÈME PARTIE

115

Un soir de septembre où je n'avais rien de prévu, au Lucernaire, théâtre situé dans le VIe arrondissement de Paris, on donnait du Gogol : *Le Révizor*, comédie en cinq actes dont j'avais jusque-là repoussé la lecture.

Gogol – et c'est bien là, hélas, la seule chose que je partage avec lui – n'avait pas d'imagination. Ou du moins il prétendait ne pas en avoir – ce qui bien sûr était faux : on n'écrit pas *Taras Boulba*, *Le Manteau*, *Les Âmes mortes* et tout le reste sans un minimum d'imagination. Mais comme il pensait n'en avoir aucune, comme il s'en était persuadé, comme il écrivait et qu'il est, somme toute, assez ennuyeux de manquer d'imagination quand on est écrivain, il avait trouvé la parade : il sous-traitait. Vous n'auriez pas une idée ? demandait-il autour de lui, parfois à sa famille, le plus souvent à ses amis. Amis parmi lesquels se trouvait un certain Alexandre Pouchkine, et Pouchkine, c'est peu dire, n'était jamais à court d'idées (il lui avait déjà filé le sujet des *Âmes mortes*). Comme en octobre 1835 Gogol, lui, était à court d'argent, il prit sa plus belle plume, et il écrivit à Pouchkine. Est-ce que Pouchkine, à tout hasard, n'avait pas sous le coude un sujet, je ne sais pas, moi, une comédie diaboliquement drôle que tu n'aurais ni le temps ni l'envie d'écrire ? Si, dit Pouchkine, justement j'en ai un : en visite en Bessarabie, un journaliste de Pétersbourg a été pris pour un révizor – un envoyé du gouvernement – et accueilli comme tel. Voilà, Nicolaï, fais-en ce que tu veux. Banco, dit Gogol, et en deux coups de cuillère à pot, c'est-à-dire en un peu plus de deux mois, il écrit une pièce qu'un peu moins de deux siècles plus tard on joue encore partout dans le monde, notamment à Paris, rue Notre-Dame-des-Champs, au Lucernaire où je décidai d'aller ce soir-là. Mets ta chapka, dis-je à Marion, nous partons en Russie.

116

Car c'est en Russie, dans un « petit trou de province » entre Pétersbourg et Saratov, que se passe cette histoire. Celle d'un immense quiproquo : un révizor arrive d'un moment à l'autre, incognito, de Pétersbourg, envoyé par le tsar dans une tournée d'inspection. Or les notables du coin ont « quelques petits péchés sur la conscience » : à l'hôpital, on laisse mourir les patients ; l'assesseur, au tribunal, sent la vodka ; le directeur des Postes décachette les lettres, «moins par prudence, du reste, que par pure curiosité» ; et le gouverneur accepte volontiers les pots-de-vin. Cris d'épouvante. Branle-bas de combat. À quoi peut-il bien ressembler, ce révizor ? Et s'il était déjà là ?

Voilà deux semaines en effet qu'un jeune homme est descendu dans une auberge ; il n'en sort jamais, vit à cré-dit, ne dépense pas un kopeck ; il vient de Pétersbourg et se rend à Saratov. Et si c'était lui ? Il a de l'allure, il pré-sente bien, ça ne peut être que lui. Ce jeune homme en vérité s'appelle Khlestakov, il est oisif, il ne fait rien, ou plutôt il fait la noce, roule en fiacre, se fait plumer aux cartes et vit sur les roubles que son père lui envoie. Ce n'est pas lui, le révizor. Mais puisqu'on le prend pour tel, après tout, pourquoi ne pas jouer un mauvais tour à tout ce beau monde ? D'autant qu'il réalise peu à peu tout le profit qu'il peut en tirer : on lui efface ses dettes, on l'in-vite à déjeuner, on se presse à sa porte pour lui prêter de l'argent, le gouverneur lui offre l'hospitalité, et la fille dudit gouverneur se pâme devant lui (c'est un homme du monde ! Il donne des bals ! À Pétersbourg !).

Il y a des noms de villes qui résonnent aux oreilles de ceux qui en sont loin comme une douce mélodie, eni-vrante et secrète. Quand on vient d'un petit trou de pro-vince quelque part en Russie, *Pétersbourg* en est un. Pour la fille du gouverneur, le nom de la capitale impériale évoquait les bals qu'on y donnait ; pour d'autres c'était le tsar, les sommités de l'Empire. Dans ce petit trou de pro-vince il y avait un homme des plus ordinaires, petit et courtaud, du nom de Bobtchinski. Lui aussi vint trouver le prétendu révizor. Il avait une requête.

Ce soir-là, au Lucernaire, tout se passait à merveille : je brûlais de connaître le dénouement de la pièce (est-ce qu'on allait se rendre compte de la méprise? comment Khlestakov allait-il s'en tirer?), superbement mise en scène et divinement jouée, le public riait de bon cœur, je riais avec lui. Jusqu'à l'acte IV, scène 7, où Bobtchinski devait faire sa requête. Et faire prendre à mon enquête un tour inattendu.

117

Le Révizor, Gogol.
Acte IV, scène 7 (extrait[1]) :

KHLESTAKOV

N'auriez-vous pas, vous aussi, quelque chose à me demander?

BOBTCHINSKI

Oh, si, j'ai une grande prière à vous adresser!

KHLESTAKOV

À quel sujet?

1. Traduit du russe par Arthur Adamov, Garnier-Flammarion, 2009.

Je vous serais extrêmement reconnaissant, quand vous irez à Pétersbourg, de dire à toutes les notabilités de là-bas, aux sénateurs, aux amiraux, que… voilà : «Votre Excellence, ou Votre Altesse, dans telle ville, vit Piotr Ivanovitch Bobtchinski.» Dites bien «vit Piotr Ivanovitch Bobtchinski».

KHLESTAKOV

Très bien.

BOBTCHINSKI

Et si jamais vous rencontrez l'empereur, alors dites à l'empereur que… voilà : «Votre Majesté Impériale, dans telle ville, vit Piotr Ivanovitch Bobtchinski.»

118

Je crois que l'affaire est classée, me dit Marion en sortant du théâtre, alors que nous remontions la rue Notre-Dame-des-Champs. Voilà d'où il vient, ton Piekielny. Tu as commencé ton enquête en pensant le trouver sur Google : il était dans Gogol.

119

120

Telle fut ma réaction. Un blanc. Un long blanc de stupéfaction. Je restai là, hagard, silencieux, à battre des paupières. Je ne savais plus quoi dire ni vraiment quoi penser. J'avais vécu la fin de la pièce dans un mélange de torpeur et d'effroi, l'esprit vaporeux et le corps engourdi. Ainsi le Piekielny de Gary était-il l'enfant naturel du Bobtchinski de Gogol. Il n'y avait pas de doute : Gary avait lu *Le Révizor*, la scène 7 de l'acte IV l'avait marqué – tout comme devait me marquer, plus tard, le chapitre VII de la *Promesse* –, il s'était dit que lui aussi, un jour, à sa façon il raconterait cette histoire, celle d'un homme implorant un autre homme de murmurer son nom à l'oreille des grands de ce monde, et il l'avait mis en lumière en allumant sa chandelle à celle de son écrivain favori. Voilà pourquoi je n'avais trouvé aucune trace, dans les registres des résidents du n° 16 de la rue Grande-Pohulanka, d'un quelconque Piekielny. Je devais m'y résoudre : j'avais enquêté plusieurs mois sur un personnage de fiction, un homme qui, *en vrai*, n'avait jamais existé.

121

Ma grand-mère, elle, existe *en vrai*. C'est chez elle que pour reprendre mes esprits j'ai trouvé refuge, après *Le Révizor*. Elle habite un petit village en baie de Somme, dans une belle maison où pendant l'hiver crépite invariablement un feu de bois. Devant l'âtre se trouve une table en acajou, sur cette table, encadrée, une photo en noir et blanc, et sur cette photo mon grand-père, souverain sur sa gondole, en 1948. Pendant longtemps, dans la famille, il fut celui à l'évocation de qui le langage se dérobait, s'esquivait sur la pointe des pieds pour ne laisser qu'un silence pesant.

Ma grand-mère avait dix-huit ans quand elle s'offrit le premier voyage de sa vie. Accompagnée d'une amie elle prit le train de nuit pour Venise, débarqua un matin de septembre à Santa Lucia, trouva une auberge non loin du Grand Canal dans une petite rue qui donnait sur la Ca' d'Oro, y posa ses valises, et pria un Vénitien de lui indiquer le chemin le plus court pour la place Saint-Marc (elle voulait voir la Basilique). Ne demande jamais ton chemin à un Vénitien, me dit-elle un jour où je lui parlais de Venise : s'il faut prendre à gauche, passer sous un porche et continuer cent mètres, franchir un pont puis prendre à droite, déboucher sur une place et longer un canal, à nouveau prendre à gauche puis un pont puis la deuxième à droite, le Vénitien pointera vaguement son doigt dans une direction et, avec un air détaché, il te dira : *Sempre dritto !* – « Toujours tout droit ! ».

Comme elle ne voyait se profiler ni Basilique ni palais des Doges elle se retrouva, un peu plus tard, un peu plus loin, toujours accompagnée de son amie, devant l'église Santa Maria Formosa, en face d'un *rio* dans les eaux duquel barbotait une gondole devant laquelle, en plein soleil, un chapeau de paille ombrageant son visage et dans la main droite une rame de quatre mètres vingt, se tenait, fièrement, un gondolier. *Mi chiamo Michele,* dit-il aux deux jeunes filles (il ne parlait pas un mot de français, elles ne parlaient pas un mot d'italien). Et puis d'un geste de la main il désigna sa gondole, les invita à prendre place, et les emmena jusqu'au bassin de Saint-Marc où, quand il fallut se quitter, il refusa la poignée de lires qu'elles lui tendaient. *Per voialtre xe gratis, signorine.* Pour le remercier ma grand-mère le prit en photo, un polaroid au dos duquel elle lui laissa son adresse (s'il apprenait le français il pourrait lui écrire). Un an plus tard, il portait toujours ce chapeau de paille lui ombrageant le visage, mais il avait troqué sa rame contre un bouquet de fleurs, et il n'était plus à Venise : il était devant sa porte, avec son paquetage, le pola dans sa poche. Il parlait notre langue qu'il avait apprise entre-temps. Il y eut un mariage, deux enfants dont ma mère, Michele devint Michel et s'établit comme marchand de bestiaux à Frécain-sur-Somme, en Picardie, quatre cent soixante-dix-sept habitants au dernier recensement.

Je n'ai pas connu le Frécain de l'époque. J'ai vu quelques photos, en noir et blanc : aujourd'hui c'est en couleur mais ça n'a pas beaucoup changé. À Frécain il n'y a pas de Grand Canal, pas de *rii* mais des ruelles, des impasses, une départementale que l'on traverse à la hâte (on ne s'arrête à Frécain que si l'on manque un embranchement, une bretelle, un rond-point – dans Frécain, on ne fait que passer). Il n'y a jamais eu de doge en manteau d'hermine et de brocart mais un maire dont le palais est une bâtisse en briques rouges avec au fronton un drapeau français – en berne quand la gauche est au pouvoir – et là-dessous, gravé dans la pierre en Comic Sans MS, le triptyque républicain : Liberté – Égalité – Fraternité. Il n'y a pas non plus de *scuola* tapissée de toiles de Carpaccio, mais une école maternelle et un lycée agricole; pas de *bacari* dans quoi prendre des Spritz; pas de Quadri ni de Florian; pas d'orchestre jouant des cantates et des suites, des oratorios de midi à minuit, mais un bar-tabac où les pochards, sous des ramures de cerf, se grattent les couilles quand ils n'ont plus de jeux à gratter. Dormir à Frécain? Si vous n'êtes pas regardant il y a bien une auberge : le gérant s'appelle Daniel; son bouge n'a rien du Danieli – ni Sand ni Musset ni même Honoré de Balzac, aucun de ces trois-là n'a pris la peine d'y descendre. À Frécain il n'y a pas de style vénéto-byzantin, Renaissance ou roman, pas de gothique fleuri ni de baroque, mais un amas de pavillons uniformes, posés çà et là au milieu de nulle part. La place Saint-Marc s'appelle Sainte-Anne et elle n'a pas de campanile en son centre, pas de basilique en son sein mais une église, néogothique, moderne, bloc de béton armé sans ornement; elle s'empare de l'espace et l'enferme, écrase le village de sa masse pesante; dedans ni dehors il n'y a rien, trois fois rien, le mobilier classique, calices, patènes et ciboires, cierge pascal, crucifix, chaises en paille et c'est tout. Vous seriez-vous égaré dans Frécain un jour de Pâques, auriez-vous franchi le porche de son église, vous n'eussiez trouvé dans la sacristie ni *Sacrifice d'Abraham* ni *Noces de Cana*, ni *Pentecôte* dans la nef : en vingt siècles Frécain n'a enfanté ni Tintoret ni Véronèse, ni même un deuxième voire un troisième couteau, un Jacopo Bellini surclassé par ses fils, roulé dans la farine du temps. Les artistes du village, vous les trouverez deux rues à droite après le bloc de béton, au 10, impasse des Lilas : SARL Petitpierre et fils, peintres en bâtiment depuis trois générations. Frécain, on le voit, n'est pas le « haut lieu de la religion de la beauté », nul n'a chanté ses louanges, pas plus que les peintres ne l'ont décrit les littérateurs ne l'ont peint, il ne s'y passe rien : il n'y a pas de musée, pas de ciné, pas de théâtre ; pas de boîte de nuit dans quoi se déhancher jusqu'au petit matin (il n'y en a pas non plus à Venise, ou du moins il n'y en a qu'une, si petite et si bien cachée dans le Dorsoduro que jamais nul ne s'y rend : mais a-t-on vraiment besoin du bruit des platines quand les nuits sont bercées par le clapotis de l'eau sur le seuil des palais ?). Frécain, c'est le trou du cul du monde, disait ton grand-père, me dit ma grand-mère. Le *tloudoucoudoumond,* avec son accent italien. À une heure en train de Paris, à deux heures en avion de Venise.

À Frécain, les affaires de mon grand-père marchaient bien. On faisait des projets, on parlait de s'installer en Normandie, là-bas on achèterait une ferme, avec un grand jardin et des pâtures, avec dans les pâtures des charolaises et des bœufs blancs. On bâtissait des châteaux en Espagne, mais les années passant on était toujours à Frécain, et vint le jour où, quand on a vécu à Venise, on a envie d'y retourner.

Ma mère avait dix ans quand Michel devint à nouveau Michele. De retour sur l'eau il ne fit pas long feu. Une nuit de septembre il perdit l'équilibre, tomba de sa gondole et fut retrouvé dans l'eau noire de la lagune le lendemain à l'aube, quand la ville est aux mouettes, aux goélands. Un jour où je me promenais sur l'île-cimetière de Venise, je vis, gravé sur une pierre tombale, le nom que dans la famille on avait tu si longtemps. L'homme qui reposait là était pour moi un étranger, mais *ce jour-là il devint mon grand-père, à tout jamais.*

Ma mère avait dix-huit ans quand elle fit ses valises pour cet assemblage de briques rouges sous un ciel gris que dans les campagnes alentour on désignait simplement par *la ville*. Si je ferme les yeux je peux la voir débarquer un matin de septembre en gare d'Amiens ; sortant de la gare elle aperçoit les briques rouges, le ciel gris, le furoncle en béton posé là par Auguste Perret ; la tour, risible si l'on a grandi dans Manhattan, beaucoup moins si l'Empire State est le clocher de l'église à Frécain, jette son ombre intimidante sur la jeune fille aux lunettes rondes, égarée dans la cohorte empressée que l'aube déverse.

Puis ce fut la rencontre d'un homme qui allait être mon père. Ils eurent quatre enfants. Ils feraient de longues études, son fils aîné deviendrait docteur, oui, docteur en droit, vous verrez, et personne n'a rien vu, désolé pour tes rêves évanouis, je n'ai que mes livres et je les dépose à tes pieds.

122

J'encours bien des reproches et ils sont légitimes : on dira que j'ai beaucoup parlé de ma mère, peut-être même un peu trop (mais si j'ai dévoilé une part de l'intime, c'est pour mieux dissimuler le privé). Peut-être aurais-je dû parler de Piekielny, et ne parler que de lui.

C'était là mon dessein originel : raté, le sort en a décidé autrement.

C'est en écrivant ce livre que j'ai compris pourquoi la *Promesse*, que j'avais lue à un âge où l'on est si peu clairvoyant sur soi-même, m'avait à ce point fasciné : ma mère était de la dynastie des Mina, il fallait que le front de son fils fût ceint de lauriers pour qu'elle pût enfin s'en coiffer à son tour. Mais là où Romain s'était mis à écrire pour la sienne, c'est à la fois grâce à la mienne et contre elle que je suis devenu écrivain : ce qui aujourd'hui m'emporte et m'exalte et me tient lieu de vie, c'est à elle, sans doute, que je le dois.

123

J'ai dit combien adolescent je lisais peu. Il n'y a guère qu'une seule lecture dont je me souvienne avant le lycée : *Le Comte de Monte-Cristo*. J'avais douze ou treize ans, c'était l'été, à Chamonix, je m'entraînais cinq heures par jour, et entre deux coups de patins, allongé sur un lit de camp dans une chambrée de douze j'avais pour compagnon Edmond Dantès, bon marin, fils aimant, fiancé de la belle Mercédès, qu'un complot envoie au château d'If. Là, en prison, sans savoir pourquoi ni pour combien de temps, seul et sans espoir, il songe à se tuer. Et puis un jour il rencontre Faria, vieil abbé que tout le monde tient pour fou et qui l'est peut-être un peu, à sa façon : cherchant à s'évader, Faria pendant plusieurs années a creusé une galerie dont il espérait qu'elle débouche sur la mer. Au lieu de quoi, pas de chance, elle mène au cachot de Dantès. Les deux hommes se lient d'amitié, le vieil abbé fait l'éducation du jeune marin qui devient comme son fils, par une série de déductions dénoue l'intrigue qui vaut à ce fils innocent d'être là, au château d'If, et se sentant mourir lui révèle un secret qu'il est le seul à connaître : l'emplacement du trésor des Spada, enfoui quelque part sur l'île de Montecristo. Puis Faria meurt et Dantès s'évade (je ne dirai pas comment, je ne veux pas tarasboulber l'intrigue), découvre le trésor et se venge.

Dix ans plus tard, me trouvant à Marseille j'allai visiter le château d'If, une immense forteresse flanquée de trois tours, sur un îlot rocheux ceint de remparts à flanc de falaise. Il y avait là des cellules avec vue sur la mer, d'autres sur rien, et je me souviens m'être demandé ce qui était le pire : vivre entre quatre murs avec pour tout mobilier une chaise, un broc, de la paille et, si l'on était chanceux, quelques rats pour vous tenir compagnie, ou derrière des barreaux, et tout ce bleu en vis-à-vis sans jamais avoir le loisir d'y plonger ? Ici avaient séjourné des prisonniers célèbres, mais les plus célèbres avaient connu le cachot : dans celui-là, dit le guide, se trouvait l'abbé Faria, et dans cet autre, un peu plus loin, Edmond Dantès. Entre ces deux cachots quelqu'un avait creusé une galerie – à moins peut-être qu'elle ne fût l'œuvre des personnages de Dumas ? On ne savait plus ; on ne voulait pas savoir ; on voulait y croire, à ce récit – et de fait on y croyait : en les voyant, ces cachots reliés entre eux, sombres et humides, étroits, plongés dans la nuit en plein jour et la nuit dans un silence sépulcral, je m'apitoyai sur le sort de Dantès – tu te rends compte, dis-je à Marion qui m'accompagnait ce jour-là, qu'il a vécu ici pendant près de quinze ans! –, puis je me réjouis sincèrement qu'il se fût évadé.

124

Balzac sur son lit de mort convoqua Bianchon, médecin de *La Comédie humaine*. Seul Bianchon, disait-il, aurait pu le sauver.

125

À Saint-Pétersbourg, on peut visiter la maison de Raskolnikov; à Vérone, on s'embrasse sous le balcon de Juliette.

126

Dans le Vieux-Nice, place Rossetti, sur la façade de l'Antonia Caffe, une plaque indique ceci : « Antonia, la marchande de journaux, Jallez, le normalien, héros de *La Douceur de la vie*, commencèrent leurs amours sur cette place, dans l'œuvre de Jules Romains ».

127

Au temps de sa gloire, Oscar Wilde – à qui la vie devait hélas, écrira Proust, apprendre plus tard qu'il est de plus poignantes douleurs que celles que nous donnent les livres – disait que la mort de Lucien de Rubempré dans *Splendeurs et misères des courtisanes* avait été le plus grand chagrin de sa vie.

128

J'ai pleuré la mort d'Ariane et Solal.

129

Et j'ai cherché Piekielny. J'ai cru à la scène du chapitre VII de la *Promesse*. Car cette scène on ne la lit pas, on la *voit*. On vous voit tous les deux, la souris triste et son air craintif, sa barbiche roussie par le tabac, et le petit garçon en culottes courtes, coiffé d'un béret trop grand pour lui, vêtu d'un veston de coutil et chaussé de galoches qu'il a traînées dans les rues de Wilno. Tu portes de longues chaussettes qui te montent aux genoux, tu as neuf ans et nous sommes avec vous, au n° 16 de la rue Grande-Pohulanka.

Ma première réaction, après *Le Révizor* – ou plutôt la deuxième, passé la stupéfaction –, fut un immense soulagement : Piekielny n'avait donc pas eu à connaître les rouges ni les bruns ni la guerre, ni surtout la balle dans la nuque au bord d'une fosse. La troisième fut une immense déception : il n'avait pas non plus connu la vie. La quatrième enfin fut de demander des comptes à Romain : alors quoi ? cette scène, vous deux dans l'escalier puis chez lui, toi t'empiffrant de rahat-loukoums et lui te contemplant, gravement contemplant ce petit garçon de Wilno qui deviendrait ambassadeur de France, chevalier de la Légion d'honneur, grand auteur dramatique, Ibsen, Gabriele D'Annunzio, cette scène n'aurait donc pas eu lieu ?

130

Alors, mon Romouchka, qu'aurais-tu répondu ? Tu t'en serais sorti, comme toujours, par une pirouette, tu m'aurais dit que l'important c'est d'y croire, et que d'ailleurs j'y avais cru, tu m'aurais dit que c'est ça, la littérature, l'irruption de la fiction dans le réel, et parodiant la bonne vieille parade de Boris Vian tu m'aurais dit mais voyons, mon cher F.-H., cette scène est vraie, puisque je l'ai inventée.

131

Mais alors, ce M. Piekielny, avec sa boîte de rahat-loukoums, sa barbiche roussie par le tabac, sa pathétique requête, n'aurait donc existé que dans l'esprit de Gary ? Où finit la vérité ? Où commence le mensonge ?

132

Qu'est-ce qu'un mensonge, sinon une variation subjective de la vérité ?

133

Au cours d'un entretien, Gary répond : « La vérité ? Quelle vérité ? La vérité est peut-être que je n'existe pas. Ce qui existe, ce qui commencera à exister peut-être un jour, si j'ai beaucoup de chance, ce sont mes livres, quelques romans, une œuvre, si j'ose employer ce mot. Tout le reste, c'est de la littérature. »

Et M. Piekielny, c'est de la littérature ? Ce n'est *que* de la littérature ? C'est plus que ça ?

Je ne sais pas.

134

Et si c'était un symbole ? Et si ce M. Piekielny incarnait les Juifs de Wilno, massacrés pendant la guerre ? Et si prononcer son nom, c'était sauver les morts à défaut d'avoir pu sauver les vivants, et réciter un kaddish pour ces milliers d'hommes, de femmes et d'enfants ? Ceux dont la mort était le métier s'étant montrés plein de zèle dans l'accomplissement de leur tâche, Gary ne pouvait pas tous les nommer, ces Juifs, ses frères, alors il les a mis dans la barbiche roussie par le tabac d'une souris triste qu'il avait inventée, et peut-être a-t-il pensé qu'il les sauvait collectivement de l'oubli, oui, je le vois écrire le nom de Piekielny sur la page et se dire

Et par le pouvoir d'un nom
Je recommence ta vie
Je suis né pour te connaître
Pour te nommer

Piekielny

135

Puis je suis retourné à Vilnius, où j'ai loué pour trois nuits une chambre sous les combles, dépourvue de charme et trop chère, au mobilier rustique, mais dont la lucarne ouvrait sur la cour du n° 18 de la rue Jono Basanavičiaus, anciennement n° 16 de la Grande-Pohulanka. Dans cette chambre je me suis assoupi, j'ai revu en rêve le fameux numéro d'*Apostrophes*, puis me réveillant au beau milieu de la nuit et passant la tête à travers la lucarne, j'ai délaissé Romain pour Roman : mon regard courait là où ses petites jambes un siècle plus tôt avaient couru, et je tremblai légèrement à l'idée que cette cour était la même, que le bout de ciel étoilé qui là-dessus jetait son ombre était le même, que le siècle seulement avait changé.

Le lendemain je me suis réveillé dans le jour éclatant : à en juger par la position du soleil – dont les rayons se reflétaient sur le hublot de l'horloge au-dessus du lit – il était midi. Je suis descendu dans la cour ; des enfants couraient après un ballon ; un homme au torse nu lustrait la carrosserie d'une voiture antédiluvienne ; deux chats se prélassaient, la lumière se réfractait, s'estompait sur leurs vibrisses, leurs museaux luisants ; une vieille dame se tenait sur le pas de sa porte, un fichu brodé couvrant sa tête et ses épaules, les deux mains appuyées sur le pommeau d'une canne qui n'était pas même une canne mais un pauvre bâton, un bout de bois mal équarri qu'elle avait dû ramasser dans les forêts alentour. Elle m'a dit quelque chose que je n'ai pas compris, j'ai répondu en anglais que, *sorry*, je ne parlais pas lituanien. *Sprechen Sie Deutsch* ? a-t-elle demandé. Elle parlait l'allemand, je le baragouinais, nous avions une langue commune. Et puis elle m'a demandé ce que je faisais à Vilnius, si j'étais en voyage, et *nein*, lui ai-je dit, *nein*, pas tout à fait.

Pas tout à fait : je suis sur les traces de Romain Gary, un écrivain. Je sais, a dit la vieille dame, tout le monde le connaît. Je ne l'ai pas connu personnellement, mais j'ai lu quelques-uns de ses livres. Je suis née ici, a-t-elle ajouté, en 1928, et j'ai toujours vécu ici. Vous voulez dire, ai-je demandé, que depuis 1928 vous habitez cet immeuble ? Elle a fait oui de la tête. Je connaissais déjà la réponse, je savais qu'elle allait me dire non et pourtant, j'ignore pourquoi, j'ai quand même posé la question : vous n'auriez pas, à tout hasard, connu un homme du nom de Piekielny ?

Piekielny ? Bien sûr, dit-elle, bien sûr que je l'ai connu. Pourquoi, vous êtes de la famille ? C'était il y a long-temps. Il est mort pendant la guerre, comme les autres. Et puis, pointant sa canne (son bout de bois) vers une fenêtre au deuxième étage de l'immeuble auquel nous faisions face : C'est ici qu'il habitait.

136

De deux choses l'une : ou bien elle se moquait de moi, ce qui n'était pas impossible, ou bien elle s'était persuadée qu'elle avait connu Piekielny parce que Gary en avait parlé dans un livre qui s'appelait *La Promesse de l'aube*, et que ce livre elle l'avait lu. Cela non plus n'était pas impossible, et il se pouvait tout à fait que la fiction débordant du champ littéraire empiétât sur le réel pour se confondre avec lui. J'en savais quelque chose.

J'avais vingt ans, un peu plus de vingt ans quand pour la première fois je lus *Les Onze*. Je ne sais par quel tru-chement m'était arrivé dans les mains ce petit livre jaune comme le soleil avec là-dessus ce nom de Michon qui m'était inconnu, et là-dedans cette prose qui était le soleil même, brillait du même éclat au beau milieu de la nuit. Car c'était la nuit sur Marseille (plus tôt dans la journée, j'avais visité le château d'If), dans la chambre à deux pas de la gare Saint-Charles dont la volée de marches interminablement mène au ciel, et je lisais *Les Onze*, cent trente-sept pages comme tombées du ciel, récit d'une commande, celle du tableau « fait d'hommes, dans cette époque où les tableaux étaient faits de Vertus », le célèbre tableau des *Onze* où l'on peut voir le Comité de salut public, la « cène laïque » telle que la vit Michelet, telle que l'a peinte François-Élie Corentin, le « Tiepolo de la Terreur ».

Ce tableau moi aussi je l'avais vu. Je me revoyais au Louvre quelques années plus tôt, dans le pavillon de Flore, dans la grande salle où à l'exclusion de tout autre tableau Michon nous rappelle qu'il se tient. Mon souvenir était imprécis, je n'aurais su dire à combien d'années il pouvait remonter, ni à quoi ressemblait le tableau, mais la lecture ensoleillée dans la nuit en ravivait les couleurs, et peu à peu je les revoyais, les onze, le « Grand Comité de la Grande Terreur », je revoyais l'habit de pékin et les bottes de Billaud, la houppelande, l'habit de pékin et les bottes de Carnot, le plumet sur la tête de Prieur, sur la table le plumet de l'autre Prieur, les souliers à boucle inutiles sur les pieds de Couthon, les souliers à boucle sur les pieds de Robespierre, la houppelande de Collot, l'habit de pékin de Barère, les souliers à boucle de Lindet, l'habit d'or de Saint-Just, et Jean Bon Saint-André, le plumet à la main. Je lisais *Les Onze* et les onze se tenaient à nouveau devant moi dans la chambre à Marseille, invariables et droits, comme sur le tableau de Corentin. Ce tableau, je l'ai dit, j'étais sûr de l'avoir vu. Je voulais le revoir. Le petit matin me trouva montant les marches de Saint-Charles non pour le ciel mais pour Paris, où je pris le métro gare de Lyon jusqu'au Louvre, puis un billet pour le musée, où je priai un gardien de m'indiquer le pavillon de Flore. Par là, dit-il en pointant vaguement son doigt devant lui, en vénitien. Devant la *Vénus de Milo* je passai en flèche et l'imaginai boudeuse, outrée par mon irrévérence, caressant l'idée d'un bras d'honneur mais finalement se ravisant; je continuai devant la *Victoire de Samothrace* sans même lui jeter un regard; un peu plus loin Napoléon en grand habillement sacrait Joséphine; la Grande Odalisque se contorsionnait lascivement; la Liberté guidait mes pas vers *Les Onze* mais *Les Onze* se dérobaient à mes yeux; je rebroussai chemin vers Mona Lisa qui depuis cinq cents ans prodigieusement fait la gueule (un sourire, ça?), et c'est à peine si je la vis sur les écrans à travers quoi des Japonais la regardaient, béatement lui souriaient; peu m'importait, je me foutais de *La Joconde* : j'étais là pour *Les Onze*, le tableau de Corentin, or Corentin, me dit un gardien à qui je demandai où diable il pouvait être accroché, ce tableau, Corentin n'existait pas, n'avait jamais existé, pas plus que le tableau inventé par Michon dans son livre, inventé de toutes pièces, Monsieur, et vous n'êtes pas le seul à ce jour tombé dans le panneau.

248

137

Si j'avais pu, le temps d'une nuit, me souvenir vaguement puis de plus en plus précisément du tableau fictif d'un peintre imaginaire, être certain de l'avoir déjà vu, ce tableau, et le lendemain vainement le chercher un peu partout dans le Louvre, il n'était pas impossible qu'au cours de sa vie la vieille dame ayant lu la *Promesse* se fût convaincue de l'existence d'un certain Piekielny, et sur cette fiction brodant sa propre fiction le fît accéder inconsciemment au rang de personnage réel. Elle croyait l'avoir connu, en somme, parce que Gary avait écrit noir sur blanc qu'il vivait au n° 16 de la rue Grande-Pohulanka, à une époque où, déjà, elle aussi s'y trouvait. Mais elle ne savait pas ce que moi je savais : elle ne savait pas que Gary avait inventé Piekielny, ou plutôt qu'il l'avait tiré du *Révizor* de Gogol pour le réinventer à sa guise – ce que du moins je croyais. Car il y avait une autre hypothèse à laquelle, étonnamment, je n'avais pas songé.

138

Il paraît qu'au seuil de la mort on voit sa vie défiler en flash-back, en un éclair, jusqu'au premier souvenir. Qu'a-t-il vu, Romain Gary, en peignoir rouge et chemise bleue le mardi 2 décembre 1980?

Est-ce qu'il a vu Big Sur, la plage, les phoques, les flots, son frère l'Océan? Est-ce qu'il a vu la France? La faiblesse qui dit non à la force dans ce général qui l'avait incarnée? Est-ce qu'il a vu la vieille Renault délabrée du chauffeur Rinaldi, sa mère à Salon-de-Provence? La Promenade des Anglais? La Baie des Anges? L'hôtel-pension Mermonts? Est-ce qu'il a vu Varsovie? Les moustaches de Gogol? Et Vilnius? La Vilnius d'aujourd'hui ou celle d'alors, quand elle était Vilna ou Wilno? La cour de la Grande-Pohulanka? Ses souliers d'enfant?

Et qui pourrait dire s'il n'a pas vu en dernier lieu ses petits pieds sous l'ombre d'une barbiche roussie par le tabac?

139

On a longuement épilogué sur *les raisons de son geste.* Pourquoi se loge-t-on une balle dans la tête quand on est Romain Gary? On a dit qu'il avait charge d'âmes et d'amour et qu'il ployait là-dessous; que les malheurs du monde l'accablaient plus encore que ses propres malheurs; qu'il portait en lui depuis longtemps déjà le soleil noir et nervalien de la mélancolie; que le double-Je Gary-Ajar l'avait consumé; qu'il y avait *La Vie devant soi,* d'accord, mais la mort juste derrière, en embuscade, le coup de grâce à cinq coups ; que la *tosca*, qui est un spleen en plus fort, en plus slave, finalement l'avait emporté. Et puis on a prétendu qu'il avait peur de vieillir ; peur des jours qui patiemment s'amoncellent puis s'affaissent et s'effondrent, d'un seul coup ; du fracas noir et blanc de la mort. Lui-même a dit dans sa dernière lettre que « rien à voir avec Jean Seberg », qu'il s'était « bien amusé », qu'il s'était « enfin exprimé entièrement » – mais est-ce que cela est possible ? On peut se perdre en conjectures. On peut aussi relire la correspondance Romain Gary-Raymond Aron.

140

Ces deux-là se connaissaient depuis le Son et Lumière dans Londres éventrée, du temps des petites fusées de Berlin. L'un comme l'autre se battaient pour la France, Aron dans les pages d'un journal et Gary dans le ciel, et l'un comme l'autre écrivaient : le premier dans Londres à feu et à sang reçut du second des nouvelles qu'il fit publier. Puis il lut le manuscrit d'*Éducation européenne*, promit à son auteur une « grande carrière littéraire », lui souhaita tout le succès du monde, vit son vœu exaucé : on connaît la fortune du premier roman de Gary qui s'en étonna dans une lettre : « Mon cher Raymond, qu'est-ce qui se passe ? Qu'est-ce qui se passe, nom de Dieu ? »

Trente-cinq ans plus tard, Gary lui fit parvenir son dernier roman, agrémenté d'une dédicace élogieuse. La boucle était bouclée, et Aron pour le remercier lui renvoya la lettre écrite en 1945. Alors, sur un bristol daté du *29.XI.80*, quatre jours avant le grand flash-back, Gary lui fit cette réponse : « Merci, cher Raymond Aron, pour cette lettre qui me rappelle les jours où j'"y" croyais encore : gloire littéraire, célébrité, etc., etc. Tout, maintenant, est devenu "etc., etc." (…) À vous fidèlement. »

Peut-être après tout qu'il ne faut pas chercher plus loin : Gary avait cru à la littérature qui était la vie même, qui s'abouchait à la vie et se confondait avec elle ; il avait cru que la littérature triompherait de la vie, et voilà qu'il n'y croyait plus. La flamme avait cessé de brûler sur l'autel. Les Lettres ne brillaient plus dans la nuit.

141

On voyage beaucoup, tout au long d'une vie. Romain Gary en tout cas a beaucoup voyagé. On voyage encore beaucoup après sa mort – du moins si l'on est Romain Gary. On vous emmène de la rue du Bac à la cour des Invalides, dans un paletot de bois sous le drapeau tricolore, puis en l'église Saint-Louis où l'on chante en polonais avant les oraisons, *La Marseillaise* et le roulement des tambours. Alors, direction le Père-Lachaise où deux solutions s'offrent à vous : le caveau qu'on referme pour y mettre des fleurs par-dessus ; le créma que vous avez pré-féré au caveau. Et puis on croit que c'est fini mais non, il faut encore prendre le train puis la voiture puis le bateau puis le large, où dans la baie de Roquebrune on disperse vos cendres et voilà.

Voilà donc à quoi se réduit votre vie, la vie d'un homme à qui la vie a fait à l'aube une promesse qu'elle ne tient jamais, un homme tour à tour aviateur, diplo-mate, écrivain, adoubé, encensé, méprisé, admirable grand tas de secrets bardé de joies, d'angoisses et de cha-grins : un petit tas de cendres jetées dans les vagues et dans le vent, un peu de gris dans un peu plus de bleu.

142

Mais il reste ses pages qui sont là, indubitables, sous nos yeux – en tout cas sous les miens. J'achève ce livre qui s'ajoute à la glose, j'ajoute un codicille à la *Promesse* que j'emporte avec moi, à Roquebrune où décidément tout finit.

143

J'y suis arrivé par la gare un matin de novembre. Depuis Nice, les rails longent la côte comme s'ils en dessinaient les contours. Villefranche-sur-Mer, Beaulieu-sur-Mer, Cap-d'Ail et Monaco se succèdent, on les laisse derrière soi et voilà, on y est, Roquebrune-Cap-Martin, on peut descendre du train puis marcher, grimper des chemins minuscules à travers des cyprès, des mimosas, des figuiers, d'autres arbres encore dont je ne connais pas les noms. Le village est perché, il a Monaco sur sa droite, en contrebas, Menton sur sa gauche, le mont Agel dans son dos et lui faisant face, majestueuse, plein sud et à perte de vue la mer, immense et bleue.

Des ruelles mènent au château qui a dix siècles, à l'olivier qui en a vingt, à l'atelier d'un vieil homme, moustache blanche, cheveux blancs, deux yeux rieurs et cerclés de lunettes, peau mate et boisée, comme s'il l'avait façonnée à sa guise : il s'appelle Julien, il est sculpteur sur bois. Sur son établi des pinceaux, un compas, des gouges, une scie, un maillet, d'autres outils (un trusquin ? des guimbardes ? un bouvet ?) qu'il nomme et dont j'ignore l'usage, une lampe dont l'abat-jour est en paille ; les murs en pierres sèches sont striés d'ombre et de lumière ; partout au sol, de la sciure et des copeaux de bois. Je suis ici depuis 1959, dit-il, dans cet atelier à deux pas du château. Je lui demande s'il a connu Romain Gary. Pas beaucoup, dit-il, et puis il ajoute : surtout madame Gary (c'est comme ça qu'il appelle Lesley Blanch). Une belle femme. Le consul, on ne le voyait pas si souvent. Seulement l'été, très tôt le matin ou en fin d'après-midi. Il arrivait qu'il se promène, là-bas, en robe de chambre et mocassins, puis qu'il s'adosse à l'olivier face à la mer, juste à côté de la chapelle. Il y restait pendant des heures, à attendre Dieu sait quoi – moi, en tout cas, je ne l'ai jamais su.

Le saura-t-on jamais ?

144

Il faudrait pour cela retourner à l'été 59. Ça sent le jasmin, le lilas ; les cigales inlassablement font percuter leurs cymbales ; Gary contre son olivier face à la mer ne dit rien. J'imagine qu'il s'est levé de bonne heure ; qu'il a descendu des chemins minuscules à travers des cyprès, des mimosas, des figuiers, d'autres arbres encore dont lui sûrement connaît les noms dans trois langues ; qu'il a marché pieds nus la chemise entrouverte, ses mocassins à la main, sur le sable encore tiède ; qu'il a longuement nagé dans la mer, longuement joui du soleil, contemplé les oiseaux là-haut dans le ciel, la cavalerie céleste s'éployant sur fond bleu ; puis qu'il est rentré pour finir son chapitre VI et s'est dit à nous deux, Piekielny. Et alors il a jeté un œil sur les feuillets encore blancs, un autre sur le hamac, pensé qu'après tout rien ne pressait, fait la sieste ou fumé des Gauloises en regardant l'azur, la mer scintillant comme une feuille d'aluminium froissée. Et puis il a lu, ou plutôt il s'est relu comme on doit se relire, sans complaisance et sans cesse, comme chantent les cigales, inlassablement. Peut-être alors a-t-il souffert à nouveau du *bon gros rire des punaises bourgeoises*, enfilé sa robe et chaussé ses mocassins, salué le petit Julien dont les mains juvéniles, cramponnées aux guimbardes, s'échinaient déjà sur le bois. Et puis il a pris le chemin de Menton, la rue de la Fontaine jusqu'à l'olivier face à la mer toujours bleue où il ne dit toujours rien.

À quoi peut-il bien penser? À la pure exaltation, à cette ivresse un peu sobre qu'est l'écriture, quand les mots tombent sur la page comme tombe la neige en hiver sur les toits de Vilnius. Aux sacrifices de sa mère. À ce qui les rachète au centuple, la fortune et les femmes, le *deuil éclatant du bonheur*. Aux cigales. Aux variations du ciel. Aux souris tristes. À tant d'autres choses que nous ne saurons jamais.

Allez, ça fait déjà un moment qu'il est là à ne rien faire, il est l'heure de rentrer. À nous deux, Piekielny. Il rebrousse chemin jusqu'en son cagibi aux murs éventrés; le vent du soir s'y engouffre comme le vent d'hiver s'engouffrait sous le porche à Wilno; au loin on entend les cigales, le clapotis de la mer, la scansion du jour qui s'enfuit; Gary est assis en tailleur parmi les feuillets, les stylos, il va se mettre à écrire. La mer brille sous la lune. Il écrit.

En haut de la page : *Chapitre VII*. Et au-dessous, juste au-dessous : *La dramatique révélation de ma grandeur future, faite par ma mère aux locataires du n° 16 de la Grande-Pohulanka, n'eut pas sur tous les spectateurs le même effet désopilant. Il y avait parmi eux un certain...* Et la voilà devant nous, la souris triste, la voilà qui sourit : elle s'arrête dans l'escalier, contemple gravement, respectueusement le petit garçon de Wilno qui deviendra ambassadeur, peut-être même écrivain, *quelqu'un d'important* qui connaîtra les grands de ce monde et devant eux prononcera les neuf lettres de P-I-E-K-I-E-L-N-Y, les écrira dans un livre, et si le livre a du succès, se prend-il à rêver, peut-être son nom sera-t-il arraché aux limbes du passé, nimbé de gloire aussi longtemps qu'il y aura des gens pour le lire et le dire, et ne jamais l'oublier.

Voilà pourquoi en cet instant quelque chose comme de la joie furtivement passe dans son œil, Piekielny. Voilà ce qu'il fomente en secret, et pourquoi il ne peut s'empêcher d'esquisser un sourire. Il tapote la joue du petit Roman, puis vient la requête. Le cri du cœur. Le petit Roman entend le nom de la souris et nous entendons, nous, en écho, le rire hugolien, rabelaisien de Gary, le grand rire intérieur entremêlé de sanglots : le souvenir de ce nom, le salut de l'homme qui le porta dans Wilno, le temps infime et révoltant d'une vie tiennent tout entiers sur la pointe d'un stylo-plume.

145

Vous êtes sûre, dis-je à la vieille dame, un Piekielny aurait donc vécu ici, au n° 16 de la rue Grande-Pohulanka? Elle acquiesça d'un hochement de tête. Enfin, précisa-t-elle, Piekielny, c'était son surnom. Tout le monde avait un surnom. Ça veut dire *infernal*, en polonais. Il était tellement discret qu'on l'appelait comme ça depuis toujours. Par antiphrase. Pour se moquer. Il en avait pris son parti, et lui-même se présentait comme M. Piekielny. Mais son vrai nom, je l'ai oublié. À moins que... Attendez, laissez-moi un instant. Dzięgiel. Oui, c'est bien ça. Je crois qu'il s'appelait Dzięgiel.

146

J'aurais pu me rendre aux Archives, consulter le registre de la Grande-Pohulanka, vérifier sur-le-champ s'il s'y trouvait, ce Dzięgiel, *dit* Piekielny. Mais il ne m'était pas déplaisant que tout cela finalement restât enveloppé de mystères, à jamais évanoui dans les brumes du passé. Peu m'importait après tout de savoir s'il avait *réellement* vécu, s'il avait jailli de la main bien connue de Gary ou d'ailleurs, des entrailles d'une femme que nul ne connaît plus : s'il n'était que d'encre et de papier, voilà qui signait le triomphe indubitable, éclatant, de la littérature *via* la fiction.

Mais s'il avait existé *pour de vrai*, comme disent les enfants ? Si de ce corps réduit en cendres sur les bûchers de Klooga, ou changé en nuage dans les plaines à betteraves et barbelés de Pologne, ou plus sûrement tombé à

Ponar dans la forêt naine au pied des grands arbres, si de ce corps, donc, Gary avait fait un corps de mots ? La littérature triomphait encore, cette fois-ci à travers le réel.

On prétend parfois qu'elle ne sert pas à grand-chose, qu'elle ne peut rien contre la guerre, l'injustice, la toute-puissance des marchés financiers – et c'est peut-être vrai. Mais au moins sert-elle à cela : à ce qu'un jeune Français égaré dans Vilnius prononce à voix haute le nom d'un petit homme enseveli dans une fosse ou brûlé dans un four, soixante-dix ans plus tôt, une souris triste à la peau écarlate, trouée de balles ou partie en fumée, mais que ni les nazis ni le temps n'ont réussi à faire complètement disparaître, parce qu'un écrivain l'a exhumée de l'oubli.

147

Gary écrit le nom de Piekielny sur la page. Le fait-il naître ? Renaître ? Jaillir du tréfonds de sa mémoire ? Ou bien cela vient-il de plus loin, de l'imaginaire se déployant par miracle pour assujettir le réel ? Je ne sais pas. Il est tout-puissant. Il écrit. Il ne pense qu'à cela. Écrire. Tenir le monde en vingt-six lettres et le faire ployer sous sa loi.

REMERCIEMENTS

Au Centre national du livre et aux missions Stendhal de l'Institut français,
À Dalija Epstein et Loïc Salfati,
À Elžbeta Šimelevičienė, Dalius Žižys et aux Archives lituaniennes,
À Myriam Anissimov, Paul Audi, Lesley Blanch, Joseph Bulov, Dominique Bona, Marc Dvorjetski, Roger Grenier, Irina Guzenberg, Jean-François Hangouët, Maeva Likern, Henri Minczeles, Paul Pavlowitch, Yitskhok Rudashevski et Avrom Sutzkever, pour leurs pages si précieuses.
À Jean-Marie Laclavetine et Anne Vijoux.

CRÉDITS PHOTOGRAPHIQUES

Composition : Dominique Guillaumin, Paris
Achevé d'imprimer par Normandie Roto Impression s.a.s.
à Lonrai, en octobre 2017
Dépôt légal : octobre 2017
1er dépôt légal : juin 2017
Numéro d'imprimeur : 1704690

ISBN : 978-2-07-274141-8 / Imprimé en France

331529